2
U0025744
戰鬥員派遣中！
COMBATANT
DISPATCHED!
「巨大螯蝦？鬼魂？
看我用科學的力量攻剋他們」
如月愛麗絲
KISARAGI ALICE
如月公司集結科技精華打造而成的
高性能仿生機器人。討厭怪力亂神。
ALICE'S VIEW
我不承認可疑的怪力亂神存在。
格琳使用的所謂詛咒，
只是並用自我催眠的催眠術吧。
本集的第一女主角

莫吉莫吉莫吉！
莫吉莫吉吉吉！！
「喂，這傢伙……是螯蝦嗎？」
「那就是莫吉莫吉。煮來吃很好吃喔。」
雪諾
SNOW
以貧民窟孤兒之身爬到
近衛騎士團隊長之位，
是個努力不懈的人。
因為貸款快要付不出來了，
最近就只是個貪財鬼。
SNOW'S VIEW
順道一提這片森林也是破頭族的地盤。
名稱的由來是他們愛拿鈍器敲破獵物的頭部……
戰鬥員六號
SENTOUIN ROKUGOU
攻剋目標①莫吉莫吉地吵個不停的螯蝦

「雖然是我召喚出來的沒錯，但沒想到跑出一個不認識的人來……」
「喂，你這個傢伙用的立體投影看起來也太廉價了吧。」
格琳
GRIMM
身為大司教，卻被認定怪力亂神的人。
GRIMM'S VIEW
我打算召喚的是不死怪物，
也就是鬼魂喔！
那個長得像加達爾堪德的東西是什麼……？
攻剋目標②某人的冒牌貨……鬼魂？

攻剋目標③隊員們燒壞的腦袋

ROKUGOU'S VIEW

蘿絲姑且不論，為什麼這些傢伙都不挑我而是挑別的男人……
這種挫敗感，不可原諒。

「好吃！太好吃了！」

「不過就是長得有點帥而已，玩弄少女心之罪依然不可饒恕！」

蘿絲

ROSE

像星之○比一樣
擁有複製能力的合成獸。
吃了莫吉莫吉之後
語尾會變成怎樣令人好奇。

「我雪諾雖然個性有點問題，
但是對臉蛋和身材很有自信。」
「您一直盯著我的胸部看呢。
希望……您也可以看看我的內在。」
海涅
HEINE
褐膚的胸部四天王幹部。
同時兼任魔王軍四天王幹部。
這次也成了六號的玩物。

「讓你久等了，搭檔。
剩下的就交給我吧。」
攻剋目標④敵方人形機器人

「唔……！」
羅素
RUSSELL
擁有水之羅素稱號的強者。
具備會讓偽娘狂粉
欣喜若狂的身材。

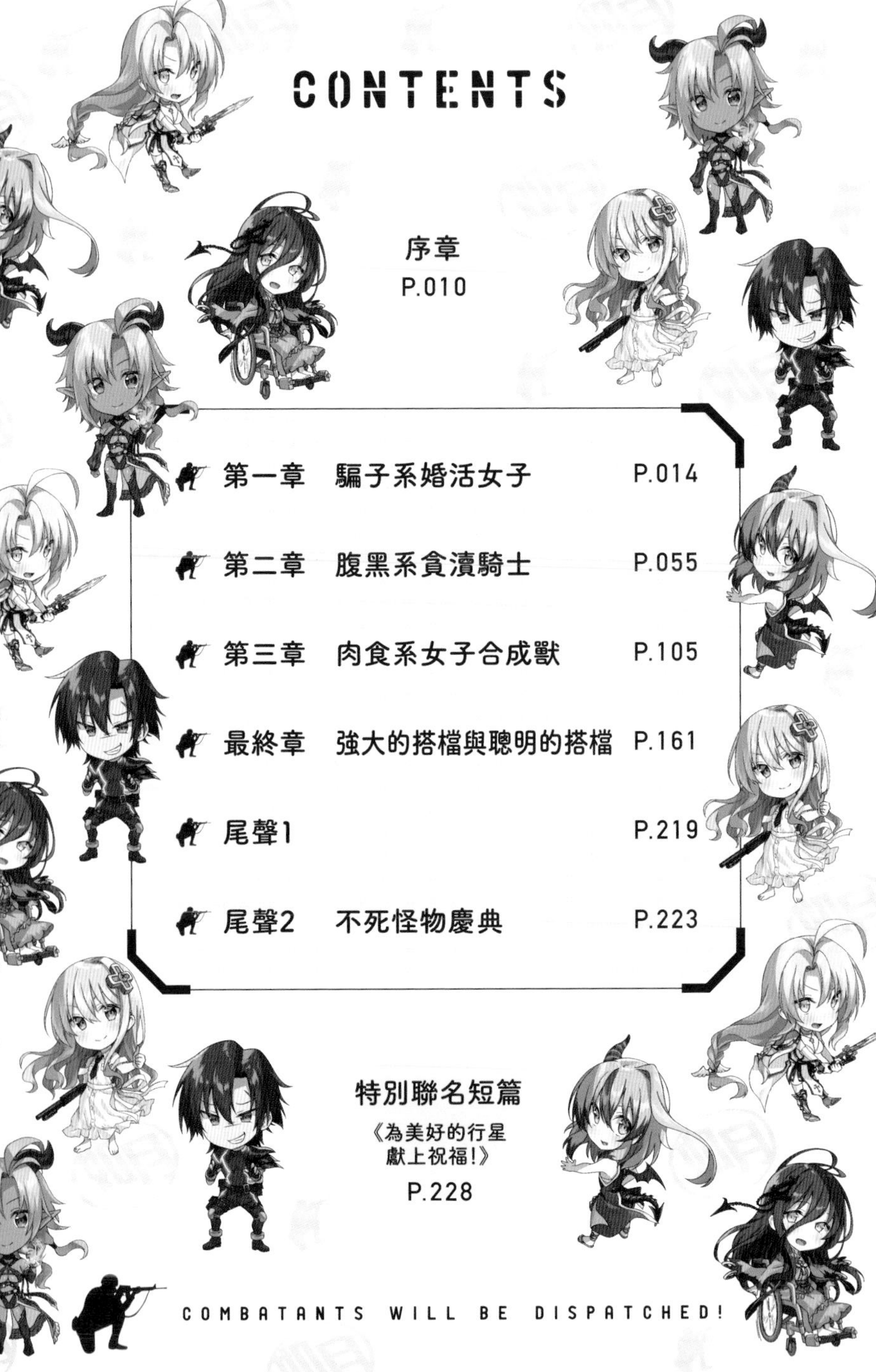

CONTENTS

COMBATANTS WILL BE DISPATCHED!

戰鬥員

暁なつめ
NATSUME AKATSUKI

ILLUSTRATION
カカオ・ランタン
KAKAO LANTHANUM

Kadokawa Fantastic Novels

序章

「這是怎麼一回事啊，阿斯塔蒂大人！事情和我聽說的不一樣啊啊啊啊啊啊啊啊！」

『關、關於這件事是我們對不起你，抱歉呀，六號。對了，《為吵鬧的世界獻上祝福》最新一集在我們這邊已經上市了，我傳送過去給你！你喜歡這部作品對吧？就當作是為這次的事情表示歉意！好不好！』

那天，我對著螢幕裡面的人放膽大發脾氣。

畫面上的人是阿斯塔蒂。

是邪惡組織祕密結社如月的最高幹部之一。

「說什麼傻話啊，我的命只值最新一集的《吵鬧世界》一本而已嗎！我聽愛麗絲說了，妳們竟敢用傳送成功率不到五成的破銅爛鐵把我送過來，哪天我回到地球之後就要給妳們好看！去跟把我送過來的罪魁禍首莉莉絲大人講，我會揉到她哭出來為止！如果阿斯塔蒂大人有任何一點對不起我的念頭，就請和我結婚養我一輩子！」

『吵、吵死了，我才想叫你別說傻話，把報告寫得稍微像樣一點呢！這份報告書是怎樣

啊，還不能回地球來是怎麼回事！』

阿斯塔蒂指著我最近送過去的一份報告書如此反咬我。

「我有把不能回去的理由說明得很清楚了啊。既然被任命為分部長，我自然不能丟下寶貝部下們逃回去……」

『聽說你待的那個國家受到戰爭的影響，男性人口很少是吧。而且我還聽說你在那邊帶的部下多半都是美女和美少女，愛麗絲的報告裡面……』

「而且！我可是背負如月公司的招牌，被派遣到這個行星來的菁英戰鬥員耶，怎麼可以被魔王軍那種落伍的傢伙們瞧不起！我戰敗就等於是如月公司戰敗，即使這麼說也不為過！對吧！」

畫面裡的阿斯塔蒂一臉困惑地歪了一下頭。

『是、是這樣嗎……我們之所以會選擇派遣你這個戰鬥員過去，並不是因為你是菁英或是你很強之類的理由，而是看上你在任何環境和戰況當中，都能夠生存到最後的韌命特質才會選你就是了……』

「這其實還挺傷人的，所以麻煩不要告訴我真正的理由。更重要的是援軍啦援軍！魔王軍那些傢伙會用一種叫魔法的神奇招式，這招出乎意料地強。我不會要求一百個戰鬥員，所以至少再送兩個怪人過來吧。」

現在送過來這邊的戰鬥員，包括我在內只有少少的十個人。

其中被稱作怪人的強大戰力還只有唯一一個。

『關於這件事，我們其實也非常想派增援過去……但是眼見征服世界成功在即，英雄們展開了大規模的反抗作戰。彼列和莉莉絲現在也在最前線戰鬥，不過狀況不是很理想。真要說的話，我們還希望你也回來這邊呢……』

說著，阿斯塔蒂帶著像是在期待著什麼似的眼神不住偷瞄我……

「像我這種只動過舊式改造手術的老兵，即使回去了也派不上用場吧。這邊就交給我啦。我會在這邊期待阿斯塔蒂大人的精采表現。」

『你剛才還說自己是菁英戰鬥員……』

開什麼玩笑啊，我們的最高幹部彼列和莉莉絲都親自上陣了還是很危險的戰場，打死我也不想去。

『算了，既然如此，那邊就交給你了。以目前的狀況而言我們無法再支援你更多，所以請你好好加油吧。』

真的假的。

「至少多分一點最新裝備過來嘛，人力無法的話至少用物資支援……」

『……透過愛麗絲和你的報告，我們已經掌握到侵略地現在的狀況了。那們，今後請暫緩諜報活動，把重點放在侵略活動。』

對於我的發言充耳不聞的阿斯塔蒂冷淡地這麼說。

「喂，妳別鬧喔，說好的如月公司完整後勤態勢上哪去了！別瞧不起我喔，我就算人在這裡還是有辦法整到妳淚眼汪汪！」

『沒辦法啊，我們這邊也很吃緊。不要以為只有我們兩個人你就可以出言不遜喔。有本事整到我淚眼汪汪的話你就試試看啊。』

露出調侃我的笑容，阿斯塔蒂嗤之以鼻。

「好，既然妳都說到這個分上我就整給妳看！妳知道大家現在叫我什麼嗎？我在這邊被取了一個叫拉鍊俠的蠢名字！就給妳瞧瞧這個名號的真諦啦！」

『那、那麼，戰鬥員六號！接下來的指令是擴大侵略地，不擇手段！你要進一步鞏固在當地的基礎，作為侵略的依據！期待你的表現……是、是我不對，所以你快把那個東西收起來！』

第一章

騙子系婚活女子

1

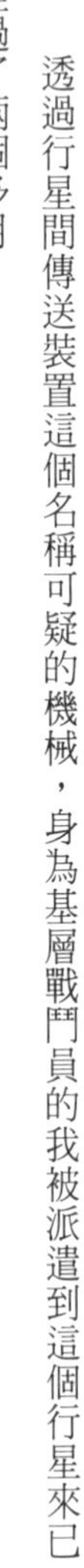

透過行星間傳送裝置這個名稱可疑的機械，身為基層戰鬥員的我被派遣到這個行星來已經過了兩個多月。

派遣戰鬥員的目的是調查這個行星，為侵略打好基礎。

和盤踞在這個行星的邪惡組織，名為「魔王軍」的團體交戰，並且締結暫時停戰協定是一個月前的事情。

而現在，暫時停戰協定也已經到期，儘管日夜都和魔王軍有零星衝突，但目前並未遭受大規模的進攻。

這全都是因為魔王軍對於祕密結社如月派遣過來的我的同事們，也就是戰鬥員們有所戒備的緣故吧。

目前被派遣到這個國家來的如月公司成員，包括我在內只有十個人。

首先是本大爺，戰鬥員六號先生。

然後是……

「好久不見了，六號啊。我們長久以來不斷延續的戰鬥，該在今天做個了結喵。」

單手拿著西式長劍站在我面前，以渾厚的嗓音沉重地對我這麼說的虎臉巨漢。

「我也是求之不得啊，虎男先生。只要有我心愛的部下留下來的遺物——這把魔劍什麼什麼強擊的，我就不會輸給你……」

沒錯，他是如月公司派遣過來的幹部之一，怪人虎男。

「雪諾的那把劍什麼時候變成遺物了喵。應該說，只有你用魔劍也太奸詐了喵。」

「虎男先生可是強過我們戰鬥員的怪人耶，讓我占這一點便宜也不會怎樣吧。應該說你是怎樣啊，從剛才開始就一直在語尾喵來喵去的，聽了很煩。」

虎男是祕密結社如月的中堅幹部之一。

今天不知為何語尾變得怪怪的，不過他在怪人當中也是特別老練的強者，相當可靠。

「我聽說在語尾加上『喵』就會變得很受歡迎喵。之前我都是加『吼』，但是一點也吸引不到女生，所以就改成喵了喵。」

「光是改語尾就會變得受歡迎是真的假的啊，那我也可以加喵嗎？」

在異國之地重逢的我們，為了確認彼此的本事成長了多少而占領了葛瑞斯王國的訓練場，像這樣互相對峙。

「喵又不是我的註冊商標，隨你高興喵。那麼……接招吧六號，我來測試一下你變強了多少喵！」

「求之不得啊，虎男喵！不要以為我們戰鬥員永遠都比怪人還要弱喵！看招啊啊啊啊啊啊！」

齊聲吶喊的同時我舉起劍，接著在互擊的同時錯身而過……！

劇烈的金屬碰撞聲響起的同時，有個東西隨著風切聲飛上了天。

「……慘了，怎麼辦啊虎男先生，我擅自從雪諾那裡借來的魔劍斷掉了耶。」

「我、我不知道喔，誰教你要把那種東西拿出來喵。是六號不好喔，是你說難得來到西式的奇幻世界所以要來玩騎士遊戲的。」

飛上天的東西是斷成兩截的雪諾的愛劍。

視線追著斷掉的劍尖直到刺進地面之後，我和虎男面面相覷。

過了半晌，我們對著從剛才開始就在訓練場的一角看著我們對決的搭檔開口求助。

「喂，愛麗絲！高性能的妳應該想得到補救措施吧！」

「救救我們吧，愛麗絲喵！想想辦法吧，愛麗絲喵！」

抱著大腿坐在地上興致勃勃地觀察著我們的，是如月公司引以為傲的美少女型高性能仿生機器人，如月愛麗絲。

「真拿你們沒辦法，本愛麗絲喵就傳授你們兩個呆瓜一點錦囊妙計吧。拿金屬用黏膠故意以容易折斷的方式黏起來，然後假裝什麼事情都沒發生就這麼還回去。不久之後劍就會在戰鬥中斷掉，到時候你們就說些『妳是受騙買到破爛貨了吧，我們去幫妳罵那個商人』之類的話安慰她。」

「「就這麼辦。」」

聽平日總是自稱高性能的愛麗絲這麼說，我和虎男如此共鳴。

我們立刻著手修復折斷的魔劍，雙方各自拿著劍柄和劍尖，正準備黏起來的時候……

「——六號，你在哪裡————！今天我絕不會原諒你！快點滾出來，我要掐死你！」

一個熟悉的喊叫聲從訓練場的入口傳了過來。

我情急之下將斷劍藏到背後，而拿著另外一半的虎男則是以驚人的握力將其捏成一團，順勢丟到遠方去。

……這個人搞砸了啦，這下子要怎麼修理啊。

現身的是這個國家的近衛騎士團隊長，雪諾。

她不說話時還是個美女，但是現在一頭銀髮亂糟糟的，眼睛又充血，面相煞是可怖。

「你把我的愛劍拿到哪去了！把我貸款五年買來的愛劍——火炎強擊還來！」

面對逼近而至的雪諾，我冷靜地否認。

「那把魔劍出外旅行去了。它好像突然產生了自我意識，說妳現在的力量不足以操控它，所以去尋找真正的主人了。」

「聽你在鬼扯，魔劍哪有可能擅自走路啊！而且我每天都擦它，也經常保養它，萬一它產生了自我意識也不可能不承認我是它的主人……喂，等等，你藏在背後的是什麼？」

原本大步走向我的雪諾，就這麼停下腳步。

於是我遞出魔劍。

「其實出外旅行的魔劍剛才回來了。它好像和魔王經歷了一番激戰，以些微的差距落敗。它最後輕聲叫了妳的名字，便滿足地變回普通的劍了。」

「啊啊啊啊啊啊啊啊啊啊啊啊！」

雪諾見狀跪倒在地。

我輕輕將劍柄塞進雪諾手裡，她便看著劍柄不斷落下斗大的淚珠。

「……喂，六號，這樣我有點看不下去喵。」

「虎男先生也要負責喔，請你想辦法處理一下啦。還不是你把另一半捏爛了，想修理也沒辦法。」

虎男喃喃說了聲「沒辦法喵」，同時寫了一張小紙條，就開始操作裝在手臂上的機器。

那是我和愛麗絲身上也有的配備，是能將紙條傳回地球的如月公司本部的傳送裝置。

身為邪惡組織戰鬥員的我們，能夠透過這個裝置使用名為惡行點數的東西交換裝備，請本部送過來。

不一會兒，虎男眼前出現了一把劍。

不對，那是……

「火炎強擊……我睡前一定會好好擦拭的火炎強擊……買到的那天因為太過高興而讓我到早上都睡不著的火炎強擊……在寒冷的冬日每天都抱著睡覺的火炎……？」

一邊哭一邊碎碎唸的雪諾忽然抬起頭來。

她的視線前方，是虎男從塗著黑漆的刀鞘裡拔出來對準她的兵刃。

「……！好、好驚人的利劍……！虎、虎男先生，那把美得不可方物的劍，到底是從哪裡來的……？」

虎男申請的是日本刀。

名劍收集狂似乎一眼就察覺到日本刀的價值，像是著了魔似的，目不轉睛地直盯著那把刀看。

虎男把刀收回刀鞘裡，雪諾還遺憾地唉聲嘆氣，這時虎男對著這樣的她說：

「這一把就送給妳代替妳的愛劍喵。」

「虎男大人啊啊啊啊啊啊啊啊！」

緊緊抱著日本刀的雪諾流下不同意義的眼淚。

這時，雪諾赫然驚覺一件事情，用眼角還噙著淚的表情一點一點逼近虎男。

「虎男大人……您能夠隨手將如此的名劍交給我，該不會是手上還有其他利劍吧？」

「怎麼說我也是個男子漢，並不討厭武器，所以姑且也收集了一些各式……妳、妳幹嘛，放開我喵！不要撫摸我的腹部毛皮喵！」

這個女人也太好懂了吧。

聽到虎男暗指手上還有其他刀劍，雪諾帶著諂媚的笑容蹭了過去。

「嘿、嘿嘿嘿……其實自從第一次見到虎男大人時，我就覺得您並非等閒之輩。我雪諾還挺有看人的眼光的喔！」

「妳這個傢伙第一次見到我的時候，明明就一邊大喊該死的魔物一邊砍過來喵。別叫我虎男大人，噁心死了喵。」

虎男明明就是為了受到女人青睞甚至改變了語尾，但不知為何卻表現出嫌惡。

「這不是很好嗎，虎男先生。你馬上就變得如此受歡迎了呢。」

「我比較喜歡小孩子，所以這個什麼都很大的傢伙不在我的守備範圍之內喵。」

不愧是幹部兼怪人的虎男先生，果真不是蓋的。

——這時，一道尖銳的鐘聲響徹城內。

因為虎男的發言而退避三舍的雪諾一聽見鐘聲，立刻收斂起表情。

「敵人來襲嗎！喂，六號，準備出擊！這是立功的大好時機！……嘿嘿、嘿嘿嘿嘿……我要來測試虎男先生給我的這把劍有多鋒利……！」

雪諾拔出日本刀，帶著陶醉的表情望著刀刃，同時做出如此危險的發言。

2

火藥的爆炸聲在遙遠行星的天空之下大響。

每當我手上的突擊步槍噴出火光，便可見到隨處都有魔物們接連倒地。

「讓開讓開，我是祕密結社如月的員工，戰鬥員六號大爺！你們這些小嘍囉，記好本大爺的名字就安心上路吧！」

「隊長！我一直都在想，你可以不要說那種台詞嗎！被那種台詞害得好像我們才是壞人似的！」

人造合成獸蘿絲一邊踹飛靠近過來的魔物，一邊困惑地對笑著蹂躪敵人的我如此大喊。

「混帳東西，戰爭中哪有分什麼好人壞人啊，戰勝的一方才是正派！俗話說正義必勝，換句話說戰勝的一方就是正義！無論我平日做了多少壞事，只要戰勝就是正義使者！」

「我再怎麼笨也知道絕對不是這樣！」

怪人虎男率領著除了我以外的戰鬥員們，前去迎戰從其他方面進攻的魔王軍。

而我所率領的小隊負責的，是在敵人當中也被視為精銳的一個中隊。

照理來說只靠五個人的小隊對付這樣的對手根本是不可能的任務，但我可是如月公司當中資歷最深的戰鬥員，在本大爺的心目中評價也相當高的六號先生。

受到現代科技眷顧的我和愛麗絲，面對沒有槍砲彈藥這種東西的魔王軍，憑藉武器的力量壓倒對手。

正當我一邊胡亂開槍掃射一邊放聲大笑搞得蘿絲很倒彈的時候，一臉心滿意足的雪諾過來了。

「喂，六號，敵人數量太多了，用你那種奇特的武器掃蕩他們吧！我試砍試得很充分，已經心滿意足了！晚一點我再好好告訴你這把劍有多麼鋒利，砍起敵人來簡直像是在切菜切瓜……」

「我才不想聽那麼噁心的事情！好吧，妳等著看我怎麼掃蕩魔王軍。呀哈哈哈哈哈哈，下一個想死的是哪個傢伙啊？乖乖出來領……」

隨著一個「喀鏘」一聲，突擊步槍的連射應聲而止。

「怪了。啊、啊，卡彈了，暫停一下……！」

見我拍打著子彈卡住的步槍，雪諾的表情扭曲了起來。

「嗚、喂，六號，我們被包圍了！動動、動作快！趕快啊！」

「笨蛋，不要催我！不要搖我的手，動作會變慢！格琳呢！格琳就該在這種時候派上用場吧！」

崇拜一個叫什麼澤納利斯的邪神的大司教，格琳。

她過的是崇拜邪神的人特有的日夜顛倒生活，所以白天不太工作，不過像這樣對付大量敵人的時候相當有幫助。

「要牽制敵人的話，那個傢伙最……」

我一邊退彈一邊轉過頭去，看見的是流著口水睡在輪椅上的格琳。

「戰鬥開始沒多久她就睡著了。」

「趁那個沒用的傢伙在睡覺的時候找個地方丟掉她！」

正當我對著蘿絲如此怒吼的時候，一隻蜥蜴型的魔物撲向我。

然而，正當我以為那個傢伙起跳的瞬間，牠便中了從旁射出的散彈，發出微弱的慘叫，變得一動也不動。

「得救了，愛麗絲，妳偶爾還是會有表現的嘛！」

「我可是高性能美少女愛麗絲喵呢。先別說了，注意前面，下一波要來了。」

像是在配合愛麗絲的發言似的，成群的魔物逼近到我們眼前。

我將戰鬥前準備好的紙條傳送回如月公司總部之後，繼續拿起突擊步槍掃射。

趁著魔物們退卻不前的空檔，我一把抓住從總部傳送而至的東西，扔了出去。

「你們這些小嘍囉竟敢嚇唬我！好好見識科學的力量吧！」

被丟進魔物群中央的高性能炸彈，在我們趴下的同時，將魔物群一掃而空——！

3

等待著回到城鎮的我們的，是民眾的歡呼聲。

「幹得好啊，黑衣哥！」

「黑衣哥太棒了！你好帥！」

「雪諾隊長，歡迎妳回來！」

「拉鍊俠——！把你的拉鍊拉下來瞧瞧啊——！」

黑衣哥指的是身穿如月公司製戰鬥服的本帥哥。

由於連日打了勝仗，我們最近都像這樣受到大家吹捧……

「你這個死小鬼——！我今天絕對不會放過你！我要在你的屁眼裡灌可樂再塞曼陀珠進去！」

「嗚啊啊啊啊啊啊啊——！都長那麼大了怎麼還這麼幼稚啊拉鍊俠，來人啊！快來人啊——！」

正當我追著叫我拉鍊俠的死小鬼跑的時候，前來迎接的士兵連忙阻止我。

「戰鬥員六號大人，不好意思，在您生氣的時候打擾，不過緹莉絲殿下吩咐我傳話。殿下表示，請您在消除戰鬥的疲勞之後進城。我會好好責罵那個孩子，請您今天先……六號大人，六、六號大人！不可以對小孩子做出那種暴行！」

——在這個行星已經成了我們的愛店的偏僻酒吧。

「那麼，為了慶祝今天輝煌的勝利，乾杯！」

「「「乾杯！」」」

結束了今天的戰鬥之後，我們立刻帶著剛拿到的報酬來喝酒了。

「……爽啦————————！工作完喝一杯有夠過癮！喂，今天我請客，大家盡量喝！」

「喂，六號，在請別人喝酒之前，先把我借你的錢還來。」

明明吃不了也喝不了卻難得跟我來酒吧的愛麗絲，立刻不識趣地如此吐嘈。

「隊長，謝謝你！隊長唯有請吃飯的時候最令我喜歡！也最令我尊敬！」

「就是說啊，這種慷慨的一面我也不討厭！不過花錢花得太凶了，就伴侶條件來說要扣分！」

「哈哈哈，幹嘛這麼誇獎我呢，發薪日我再請妳們一頓就是了！」

「對、對你而言，她們兩個剛才的發言聽起來像是在誇獎嗎……」

雪諾一邊小口啜飲著酒，一邊沒好氣地這麼嘀咕。

「話說回來，不吃飯的愛麗絲居然會跟到店裡來，還真是難得啊。難不成莉莉絲大人幫妳加裝了吃飯功能嗎？」

「你這個傢伙在被雪諾發現自己是間諜之後，終於連我們的真面目都懶得隱瞞了是吧。反正你這個蠢蛋遲早會露出馬腳，所以我也不會阻止你就是了……」

現在，我在這個國家的定位相當詭異。

以來自外國的傭兵身分擔任隊長，帶領這個國家的小隊，但同時也是聯絡祕密結社如月的窗口。

而且，不知為何，應該已經重返近衛騎士團隊長崗位的雪諾也混在我的小隊裡面。

據她本人表示，她是被派來監督我們的，說話的時候還一臉跩樣，但我怎麼想都只是在找藉口處理掉她這個燙手山芋。

我和愛麗絲來自其他行星這件事，我們已經告訴過她們幾個人了。

一開始說明的時候她們還用看神經病的眼神在看我們，而現在則是擅自找到合理解釋，把我們當成來自異世界的魔法師。

「跟你到店裡來是行星調查的一環。因為當地人吃得理所當然的東西，對於地球人而言也有可能是有毒物質。你眼前那盤東西裡面用的到底是什麼肉，你知道嗎？」

聽愛麗絲這麼說才忽然發覺這件事的我盯著盤子端詳了起來……

「大叔───！我每次都點的這道本日鮮肉用的是什麼啊？」

「怎麼，你連那種事情都不知道還吃得那麼開心啊？今天的是半獸人肉。因為和魔王軍展開的小規模戰鬥，半獸人肉很便宜。」

聽老闆這麼說，我推開了盤子。

「隊長，怎麼了？你不吃的話我就接收嘍？」

「妳這個傢伙之前那麼不願意吃蚱蜢，對於半獸人倒是不會抗拒啊。半獸人是那個吧？我們一天到晚在對付的那種，會說人話，而且用兩隻腳走路的豬對吧？」

我在野外求生的時候大部分的東西都吃過了，但無論如何，要吃會說話的智慧生命體還是讓我感到抗拒。

正當愛麗絲興致勃勃地戳著盤子上的東西進行調查的時候，雪諾從鼻子哼笑。

「你平常強勢得不像話，在吃的方面倒是挺纖細的嘛。這個國家多半都是荒地，所以水源不足，蔬菜相當稀少。不過，肉倒是到處走來走去。太挑食的話在這裡小心活不下去喔。吃吧，我幫你盛點波波蛇和劇毒搗蛋鬼。」

「住手，別塞奇怪的東西給我吃！第二個連名字聽起來都有問題！」

我把雪諾塞給我的盤子塞回去的時候，愛麗絲忽然開了口：

「喂，你們明天都放假對吧？我願意付報酬，有空的人可以來協助我的工作嗎？」

「我是無所謂，不過僱用我六號大爺的報酬可是很昂貴的喔。」

「……照理來說，這是你也應該做的工作喔。」

愛麗絲沒好氣地如此表示，這時蘿絲一臉歉疚地對她說：

「對不起，格琳說明天有很重要的事情，要我把時間空下來給她……」

「是啊，明天是每個月一次的澤納利斯教集會。乾脆大家也都來參觀如何？說是集會，但也只有我和蘿絲兩個人就是了。」

「那是什麼，我有那麼一點點想參觀。」

我如此表現出些許的興趣，而蘿絲則是抬起頭來，一臉第一次聽說的樣子。

「我沒聽說是那種事情喔！妳不是說那個活動可以聽到非常開心又受用的談話，和茶會沒什麼兩樣嗎！」

「澤納利斯大人的教誨非常開心又受用！而且我真的會泡茶給妳喝，妳乖乖來就對了！我早就請妳吃飯當成交換條件了，事到如今已經不能取消了喔！而且，妳是為數稀少的澤納利斯教徒之一呢。」

「我可不記得自己有入教喔！隊長也硬塞了奇怪組織的徽章給我，不要每個人都想把我捲進奇怪的事情當中好嗎！」

沒有理會大呼小叫個沒完的蘿絲，雪諾的表情一亮。

「報酬有多少？為了愛劍的貸款請務必讓我參加！然後呢，我到底該做什麼！」

雪諾不停把臉湊過去，而愛麗絲一副覺得很礙事的樣子推開了她的臉。

「工作內容是調查這個。」

說完，愛麗絲指向雪諾的盤子。

4

這個行星的自然環境十分嚴苛。

聽說大陸的表面多半都是紅褐色的荒地，茂密的綠色森林當中，則是形成了危險的生態系。

而我和雪諾現在就在如此危險的森林當中……

（快看那個，六號，那就是莫吉莫吉！煮來吃很好吃喔！咱們就進去參一腳，試著抓住牠如何！）

（什麼莫吉莫吉啊，少唬我了，以名字那麼可愛的生物而言未免也太凶暴了吧！如果被發現了，搞不好反而是我們會被吃掉！）

在草木叢生的森林當中，我們躲在草叢裡面觀察凶暴的巨大生物。

用一句話來形容就是和工具間差不多大的巨大螯蝦。

牠用那對大螯夾住了尺寸和牠差不多的大蛇的腹部。

（莫吉莫吉的肉熬過之後會變得非常軟嫩，也沒有腥味，相當好吃。名字的由來主要是因為叫聲聽起來就是莫吉莫吉……）

（用不著解釋，快點躲好免得被波及！）

拿著數位相機拍攝森林裡的怪獸決戰的愛麗絲問道：

（話說回來，這個行星的生物還真是完全不顧物理定律呢。甲殼類怎麼可能長到那個尺寸啊。對了，莫吉莫吉是哪一隻？）

（有大螯的那個是莫吉莫吉，快要被吃掉的那個是波波蛇。波波蛇也很好吃喔。）

（別聊得那麼悠哉了，趁牠們沒發現我們之前趕快逃吧！）

我努力勸說兩個悠哉的傢伙，差點沒哭出來。

（哦？六號，你快看，波波蛇開始反擊了。這個行星的蛇攻擊獵物的方式不是絞緊，而是甩尾巴呢。太有趣了。）

（那是波波蛇偶爾才會展現出來的必殺技。可以看到那招算你們好運。）

（妳們兩個可以不要一直把那種愚蠢的名字掛在嘴邊嗎！愛麗絲，這裡調查夠了吧，咱們去別的地方！）

調查這個行星的生態系。

這確實是如月公司命令給我們任務沒錯，但老實說我已經想回家了。

正當哭喪著臉的我開始移動的時候，背後傳來了一陣「莫吉莫吉」的叫聲，就像是在宣示勝利一般——

「——雪諾，掛在那棵樹上的波波蛇是怎樣？這一帶的生物會製造肉乾嗎？」

「愛麗絲指的那個，是破頭族標示地盤的行為。」

「該回去了！那個怎麼看怎麼危險！妳們是不是沒有裝偵測危機的感應器啊！那根本和百舌鳥把獵物掛在枝頭的行為沒兩樣！」

離開莫吉莫吉之後，我們發現的是頭部被敲破的波波蛇被掛在樹上的衝擊景象。

「破頭族是極為好戰，地盤意識強烈，而且強到能夠在這片危險的森林當中照常過生活的蠻族。名稱的由來，是因為他們找到獵物就會用鈍器敲破獵物的頭部……」

「就告訴妳用不著解說了！我從剛才開始就一直感受到奇怪的視線，既然他們的地盤意識那麼強烈，我們還是快點離開吧！再說了，平常妳明明都是第一個逃跑的，今天到底是怎麼了！」

我推著雪諾的背，打算離開現場。

「別瞧不起我啊，六號。平常領沒多少的月薪的時候姑且不論，為了愛麗絲答應的高額報酬，我一定會扮演好完美的嚮導。對於攸關金錢的約定我可是很誠懇的。」

這個女人是在承認自己除此之外都很不誠懇嗎？

……就在這個時候。

一陣「鏘鏘」的聲音響起，像是有人拿硬物在敲打樹幹。

傳出敲打聲的地方相當近。

應該說，就是從我剛才感覺到一直糾纏著我們的視線那個方向傳過來的……！

「敲打聲的間隔相當規律，看來是在傳訊號給同伴吧。」

「愛麗絲果然聰明。這是破頭族發現獵物的時候呼喚同伴的聲音……」

在她們兩個說完之前，我已經先逃離現場了——！

不知道跑了多久。

我應該已經甩開那個什麼族了，但是回過神來才發現……

「那兩個傢伙居然走失了……！」

我一直以為那兩個傢伙有跟上來，結果卻沒看見她們的身影。

應該說我完全搞不清楚東西南北了，怎麼辦啊？

手錶內建的指南針，也因為根本身在不同行星而起不了作用。

「啊——沒用的傢伙！真是的，那兩個傢伙到底在哪裡閒晃啊！即使情況危急也還是悠悠哉哉的，找到她們之後我要好好對她們訓話！」

即使我憑藉憤怒大發牢騷，當然也沒有任何人回答我。

在昏暗的森林當中不時會聽見野獸的怪叫，讓我漸漸不安了起來。

「……算了，丟下她們兩個逃跑的我或許也有那麼一點點不對，還是別對她們訓話好了。所以說，如果妳們在附近的哪個地方，差不多可以出來了喔。我已經沒那麼生氣了。應該說，在那種狀況下妳們大概是嚇到腿軟才動不了吧。能夠即刻脫逃是因為我優秀，這種事情實在沒什麼好生氣的，嗯。」

即使我有點大聲地自言自語，四周還是一片寂靜，聽得見的依然只有野獸們的怪叫。

就算想聯絡愛麗絲，在沒有建設基地台的這個行星打手機也沒有意義。

應該說，也不知道那個傢伙有沒有手機。

即使請總部傳送對講機過來，也要受話方剛好有對講機才行……

「啊，對了！」

把現在的狀況寫在紙條上傳回如月公司總部，叫愛麗絲來接我就可以了。

那個傢伙那麼聰明，知道我的位置之後就會過來這裡了吧。

安心的我鬆了一口氣，同時立刻準備傳送紙條——

「莫吉莫吉莫吉。」

這時，一陣很有特色的叫聲從我背後傳了過來。

我戰戰兢兢地轉過頭去，看見的是不知道從什麼時候開始出現在那裡的，少了一隻大螯的莫吉莫吉……！

為了嚇唬對手，我展開雙手放聲怪叫！

「莫吉莫吉莫吉莫吉！」

「莫！」

突然做出奇怪舉動的我讓莫吉莫吉嚇得後退。

莫吉莫吉一邊從嘴裡吐泡泡一邊看著我，而我也一邊發出「莫吉莫吉」的叫聲，一邊為了避免被瞧不起而逼近對方……！

就在這個時候。

「莫吉吉……」

那個傢伙像是在表示自己沒有敵意似的輕輕叫了一聲，然後放下大螯。

難道是因為我死命發出的叫聲，讓牠認同我是同伴了嗎？

仔細想想，來到這個世界之後我還一無所知。

即使外表看起來凶惡，說不定這傢伙其實是心地善良的生物。

身為邪惡組織的一員竟還有這種想法是很天真，但牠是我在這個陰暗的森林裡遇見的朋友。

見莫吉莫吉緩緩對我伸出大螯，我靦腆地輕輕笑了一下……

然而正當我打算握手的時候，那隻莫吉莫吉突然從頭被砍成兩半。

「嘗嘗我這招吧————！」

隨著雪諾的吶喊聲，我的朋友成了食材。

5

結束大森林的生態系調查之後，走在回家的路上。

回到鎮上的我們，正好碰見一臉疲憊的蘿絲和格琳。

「啊，隊長回來了！森林調查得怎樣啊？更重要的是，隊長你聽我說！格琳進行了詭異的儀式，結果不小心叫出不死怪物，搞得我們雞飛狗跳嗚咕！」

「歡迎隊長回來！你看起來好像沒什麼精神耶，發生什麼事了嗎？蘿絲妳看，有很多很好吃的串燒喔！所以不要多嘴喔！」

蘿絲好像要說什麼令我非常好奇的話，但是說到一半嘴巴就被串燒堵住了。

「六號在大森林差點遭受莫吉莫吉攻擊，結果我救了他之後他就變得怪怪的了。大概又加上他一個人迷了路，所以在各種方面都大受打擊吧。」

「突然殺掉我的朋友的人說這是什麼話啊！而且還在我眼前淋無添加醬油直接開吃，妳這個冷血的女人！」

那隻莫吉莫吉，被誤以為我遭受襲擊的這個女人宰來當點心了。

「你、你這個傢伙是怎樣，我明明救了你，卻連好好道聲謝都不會嗎！再說，當場吃掉現宰的莫吉莫吉哪裡有問題了，那麼大一隻又沒辦法全部帶回來！而且你不也吃了，還因為太好吃而邊哭邊吃！」

「我吃了！我確實吃了沒錯————！」

但是我吃掉那個傢伙純粹只是為了超渡牠。

既然都已經被宰掉了我也無計可施，所以為了不讓那個傢伙白白犧牲性命，我才邊哭邊吃，讓牠化為我的血肉、我的食糧。

「更重要的是，蘿絲剛才說的我可不能當作沒聽到！格琳，妳又召喚不死怪物了嗎！」

「怎樣啦，我可是掌管不死與災禍的澤納利斯大人的信徒耶！身為教祖召喚僕人哪裡有問題了啊啊啊啊好痛——！」

即使格琳如此惱羞成怒，也難逃被雪諾一把抓住太陽穴的下場。

這時，愛麗絲對她的發言有了反應。

「你們剛才是不是提到不死怪物？就是俗稱鬼魂和喪屍的那類東西嗎？」

對任何東西都很有興趣的仿生機器人這番話，讓格琳輕輕微笑了一下。

「哎呀，愛麗絲是對澤納利斯大人產生興趣了嗎？沒錯，我剛才召喚出來的是鬼魂。我一開始之所以受到澤納利斯大人所吸引，也是因為祂會給我永遠的青春，更能夠報復那些可恨的混帳，都是拜這些美妙的教義所賜。如何？妳要不要也入教看看？」

「我是無神論者所以敬謝不敏。喂，六號，是怪力亂神的基本款鬼魂呢。對身為科學結晶的我正面宣戰的存在出現了呢。什麼鬼魂啊，看我靠科學的力量扮演魔鬼剋星攻剋它。」

明明仿生機器人也已經夠怪力亂神的了，身為仿生機器人的愛麗絲卻說出這種話來。

「我不知道妳是看鬼魂的哪裡不爽，不過妳這次攻擊性也太高了。打從這個行星有魔法的那一刻起，怪力亂神就已經不算什麼了吧。妳不也看過海涅的火焰魔法之類的嗎？」

「所謂的魔法我還可以接受。不，我當然不能接受，不過超能力這個領域在如月公司已經被研究得相當透徹了。炎之海涅的魔法根本是典型的念力起火。換句話說，魔法不過就是第六感罷了。」

愛麗絲用只有我聽得見的音量，盡可能淺顯易懂地慢慢說明。

「拜託妳說得更好懂一點。我聽得懂的專業術語只有A片用語。」

「……我是說，海涅使用的火焰魔法，和地球上那些人稱起火能力者的傢伙使用的招式是一樣的。這招只要靠如月公司的改造手術調整一下腦袋，任何人都能夠使用。但阿飄就是另外一個問題了。我可不會承認那種怪力亂神的可疑東西的存在。」

「妳本身的存在也已經夠可疑了，為什麼不願意承認阿飄啊？」

這時，或許是聽見我們的對話了吧，格琳一副不能聽過就算了的樣子出聲插嘴：

「愛麗絲，妳是不是對我的寶貝鬼魂們有意見啊？懷疑澤納利斯大人的力量，小心遭天譴喔。」

「格琳使用的所謂詛咒，是並用了強烈自我暗示的催眠術。澤納利斯什麼的也是瞎扯出來的東西。」

格琳因為自己信奉的邪神被說成瞎扯出來的東西就開始用力拍打愛麗絲，而愛麗絲一邊被拍打一邊表示：

「在今天的生態系調查的當中，我也針對魔獸調查了一番。無論是獅鷲能夠以違反空氣動力學的方式飛行的原理，還是身為甲殼類的莫吉莫吉如何維持那麼巨大的體型等等，讓我很有興趣的事情非常多，不過我總有一天要揭開箇中真相。」

「妳現在打算完全否定奇幻世界是吧。格琳甚至死過一次又活過來了耶……而且還是在沒有頭的狀態下喔。」

「蜥蜴沒了尾巴也會長回來不是嗎？你什麼時候有了格琳是普通人類的錯覺？那個傢伙可能是披著人皮的不明生物。」

「唔喔喔喔喔喔喔喔！」

被說成不是人的格琳終於開始掐愛麗絲的脖子，但愛麗絲的表情一點變化都沒有，讓她終於忍不住滿腔憤怒……

「好吧，既然妳都說成這樣了，我就讓妳見識一下我的降靈術！把澤納利斯大人說成瞎扯出來的東西，我豈能善罷甘休！不過，我今天已經耗盡魔力了，明天再說可以吧！」

「六號，你聽見了吧？這是騙子的慣用手法。當場無法回應我的要求，必須擇日準備好再說。這樣才有時間設置變戲法用的機關。」

「哼────────！」

沒有理會兩個幼稚的傢伙，雪諾傻眼地開了口：

「愛麗絲是魔術否定論者啊？偶爾是會見到這種人沒錯，不過像妳這麼嘴硬的，我還是第一次遇到耶。應該說，我的武器也是魔劍啊……」

「沒錯，還有妳的魔劍。我想把裡面的動力拿出來看一下是怎樣的原理。改天讓我去雪諾家玩吧。為了調查，到時候讓我拆個幾支……」

「我絕對不答應。」

沒有理會那三個吵鬧的傢伙，蘿絲來到我身邊用力拉了拉我的衣服。

「隊長，聽說你們狩獵了莫吉莫吉，有什麼土產嗎？像是把吃剩的肉帶回來之類……」

看著一臉很想吃的蘿絲，我不經意地想到一個問題：

「……原則上愛麗絲是帶了一些回來沒錯，不過妳吃了那個肉之後，語尾應該不會冒出莫吉莫吉吧？」

「…………我、我想應該不會……才對…………」

這個世界的生物還有很多不明之處。

總之，還是先不要讓蘿絲吃莫吉肉好了。

6

去大森林進行生態調查的隔天。

「好了，愛麗絲，今晚妳可要賞個光！我要讓妳知道把澤納利斯大人說成瞎扯出來的東西是多麼愚蠢的事情！」

「很好，我會一一點破那些怪力亂神現象的手法，辯到妳哭出來。」

事情變得非常麻煩。

「吶，為什麼連我都得陪妳們搞這件事啊？不管要驗證還是要幹嘛，妳們兩個自己來不就好了……」

「你在說什麼啊，隊長！這是對澤納利斯大人的挑戰耶！為了避免今後再有像愛麗絲這樣的孩子出現，當然也需要神蹟的見證人啊！」

「沒錯，六號。這種事情一定要有決定性的證據，否則事後她們又會找藉口當作沒這件事情。」

…………

「很敢說嘛，妳這個口沒遮攔的小矮子！妳死後肯定會下地獄！」

「仿生機器人會下地獄倒是新招。」

混蛋，麻煩死了，早知道我也像蘿絲和雪諾那樣逃跑就好了。

「好了，我們走吧！今晚正好是滿月。既然如此，為了得到更強大的魔力，就去山丘上進行降靈儀式吧。」

「原來如此，妳昨天晚上在那個山丘上準備好機關了是吧。」

「哼————！」

真是夠了，我只想早點回去喝酒！

——來到距離城鎮稍遠的一處視野良好的山丘上。

光著腳站在地上的格琳，攤開了畫有魔法陣的墊布。

她在上面放了一個用布蓋住，看不到內容物的籃子之後，便轉過頭來對我們得意地笑。

「呵呵，今晚特別招待！愛麗絲，我要讓平常總是一臉淡定的妳因為恐懼而不住顫抖！平常我用的供品都是食物，不過今晚要用的是活祭品！看吧，籃子裡是我從肉店要來的，可憐又無力的活祭品⋯⋯！」

略顯亢奮的格琳興高采烈的如此大喊，同時掀開蓋在籃子上的布⋯⋯！

「⋯⋯好可愛喔。」

「毛茸茸的呢。喂，格琳，妳該不會是要拿這隻兔子當活祭品吧？」

籃子裡的是耳朵比地球上的還要大的兔子一隻。

她說是去肉店要來的，不過看來好像沒確認過裡面的東西。

「啾——……」

籃子裡那隻手腳都被綁住的兔子抬頭看了我和格琳，輕輕叫了一聲。

格琳見狀，用力吞了一口口水，然後輕輕把手上的棍棒放了下來……

「……隊、隊長，今晚多給你一個特別招待！今天特別讓你當一日助手！等一下看見我的信號，你就把這個孩子送到澤納利斯大人跟前去……」

「我也不想做這種事好嗎！妳自稱邪神的大司教，結果連這點事都做不到是怎樣啊！」

我過去當然也弄髒過手，但並不想為了這種無聊的事情對可愛的兔子下毒手。

「你這個窩囊隊長！平常明明就那麼愛說自己是邪惡組織的成員那種莫名其妙的台詞，現在是怎樣！還有澤納利斯大人並不是邪神！」

「少、少囉嗦——！別瞧不起如月公司，就算我是邪惡組織的成員也還有良心好嗎！而且我如果有辦法那麼心狠手辣，就不會當這麼久的基層戰鬥員了啦！」

就在我們開始互推那隻兔子的時候。

「啾！」

隨著這個輕微的叫聲，兔子變得整隻癱軟，動也不動了。

只見愛麗絲手上拿著格琳大概是為了解決掉兔子而準備的棍棒……

「這樣就可以了吧？好了，妳快點弄給我看。」

「妳這個傢伙沒有人心嗎！」

「就是說啊，妳的良心上哪去了！」

我和格琳對著把棍棒靠在肩上的愛麗絲如此責難。

「仿生機器人沒有那種東西啦。快點，快用這個弄給我看。」

「啊，住手！我知道了，我動手就是了，不要把活祭品塞過來！」

愛麗絲硬是把兔子塞給格琳，格琳只能淚眼汪汪地接過兔子，然後輕輕放到墊布上。

接著，她將蠟燭立在魔法陣前面並且點火。

「一直被愛麗絲這種小女生瞧不起，也差不多快讓我受不了了，我就讓妳見識一下大司教的真本事吧……！」

格琳如此高聲宣言，然後開始詠唱某種咒文。

魔法陣隨之開始發出光芒，格琳的表情也恍惚了起來。

「喂，愛麗絲，這個狀況有點不太妙吧？應該說我是願意相信有怪力亂神的人，而且我好像有種不祥的預感！」

「不過就是魔法陣發光，你也太沒用了。八成是墊布底下藏了ＬＥＤ還是什麼的吧？」

在我行我素的愛麗絲試圖確認墊布底下，而我正想吐嘈這樣的她的同時，魔法陣的光芒越來越強——

「不死與災禍之神澤納利斯大人！以汝之聖名，差遣汝之奴僕來此吧！」

隨著格琳的高聲呼喊，魔法陣的光芒變得更加耀眼……

接著出現在我們眼前的，是長得和前一陣子見過的魔王軍幹部——加達爾堪德很像的魔物……

不，站在那裡的是一隻巨大的惡魔。

7

『不得了不得了，竟然能夠召喚吾出來，汝這個女孩不簡單！上次像這樣被呼喚到現世來，不知道是幾百年前了……』

站在魔法陣上的惡魔身影有如海市蜃樓一般，不住晃動。

現在的模樣，大概是以近乎所謂的靈體狀態被召喚出來的吧。

「算妳厲害，格琳，居然真的叫出來了！而且感覺很大咖！」

我不禁如此歡呼，但格琳面對著她召喚出來的惡魔，微微歪著頭喃喃說了：

「你、你哪位……？」

「喂。」

我把格琳拉了過來，對她耳語。

（不要說那種令人不安的話好嗎，那個是妳叫出來的吧。）

（話不是這麼說，我打算召喚的是不死怪物，也就是鬼魂喔！我原本是想說叫個太古的惡靈來給愛麗絲瞧瞧，沒想到跑出一個不認識的人來……）

她說原本想叫的是太古的惡靈這件事好像也應該追究一下，不過現在最重要的是眼前的惡魔。

即使對他道歉說「不好意思，是我們弄錯了」也不知道他到底會不會原諒我們。

——就在這個時候。

沒理會交頭接耳的我們，愛麗絲站到惡魔面前，對著那張凶神惡煞的臉毫不客氣地說：

「喂，你這個傢伙用的立體投影看起來也太廉價了吧。」

…………

『立體投影？立體投影是什麼東西啊，渺小的人類。吾乃與邪神澤納利斯並稱的大惡魔，名為……啊！夠、夠了，不得放肆！』

惡魔正要說出自己的名字的時候，愛麗絲突然抓住畫有魔法陣的墊布，用力抖動了起來。

每抖一下身影便跟著晃動的惡魔大聲嚷嚷，但愛麗絲還是依然故我，完全沒有要停手的意思。

『突然做出這種舉動是什麼意思啊，渺小的人類！才剛受到召喚便遭受這種無禮的對待！混帳東西，吾可不會善罷干休！』

「吵死了，臭立體投影，你把本體藏到哪裡去了？」

天不怕地不怕的硬漢仿生機器人旁若無人地大放厥詞，讓惡魔露出佩服的表情。

『哦哦，被汝識破在這裡的並非吾的本尊了是吧。不過，吾的肉身要在現世重生，只靠那隻小兔子的肉有點不太夠啊。』

惡魔這麼說完，身影在依然被愛麗絲緊緊抓住的墊布上晃了一下——

『若是想見到吾之真身，就獻上分量足以讓吾重生的祭品吧！然後以汝之靈魂作為代價，高聲喊出充滿慾望的願望吧！好了，渺小的人類，現在正是……喂，住手！汝到底是什麼意思啊，從剛才開始就這樣，為何要妨礙吾！』

愛麗絲捲起畫有魔法陣的墊布開始打算收拾，讓惡魔著急地大叫。

「我叫她召喚的應該是鬼魂，而不是召喚加達爾堪德的冒牌貨。」

『冒牌貨！汝說吾是別人的冒牌貨！』

正當惡魔被愛麗絲嗆個沒完的時候，我忽然靈機一動。

「喂，你是惡魔的話，就會來那招對吧？那個很有名的，願意為我們實現三個願望的套路對吧！」

「隊長！和澤納利斯大人締結契約的我說這種話好像也沒什麼說服力，不過我唯獨不太建議和惡魔交易喔！」

我如此搭話，惡魔這才發現到我們，看了過來。

『就是這麼回事，渺小的人類啊。拿靈魂來交換，吾就能夠為汝實現任何願望！好了，汝對吾有何希冀……住手，不要動不動就妨礙吾！契約尚未完成，吾就無法回去啊！』

愛麗絲似乎是覺得背面可能有某種機關，這次把墊布翻了過去。

『從剛才開始便淨是做些莫名其妙的舉動的孩童啊，先從汝開始說出心願吧。代價吾一定會收，不過任何願望都可以……』

「那麼，就在名為地球的行星所在的星系，多製造個兩三顆能夠住人的行星吧。麻煩製造成資源和地球差不多，大氣成分則是如同距今五十年以前一般潔淨的狀態。」

『都可以實現……咦，什麼？地球？行星？』

面對做出這種豪邁要求的仿生機器人，惡魔瞬間沉默了一下。

『愚、愚蠢的混帳，什麼行星啊！這是叫吾製造兩三個世界出來嗎！未免太貪婪了！』

惡魔近乎尖叫地如此反駁。

「是你自己說任何願望都可以實現的啊，又不是用偷吃步叫你增加願望的數量之類。那麼，至少想辦法解決一下能源問題吧。前提當然是要潔淨又不占空間。同時還要取之不盡用之不竭，給我們一個這樣的能量來源吧。」

『能……那、那是什麼？那個，麻煩要求更單純好懂一點的東西吧，金銀財寶不行嗎？或者是想要權力、想要詛咒可恨的人之類的……』

似乎聽不懂能源是什麼，惡魔提出了替代方案。

「錢財和權力我都用不上。不然，幫我們消滅這個星球上與我們為敵的生物好了。像是魔王、魔族和蠻族，還有莫吉莫吉和巨大魔獸……」

『這不是大屠殺嗎！不、不成不成，只換一個靈魂哪能實現這種很有可能毀滅世界的願望啊！』

面對做出激進要求的仿生機器人，嚇得退避三舍的惡魔驚叫出聲。

於是不禁同情起惡魔的我對愛麗絲說：

「喂，妳快點叫那個人回去吧……」

「實現願望之前不回去的那種像在強制推銷的話是他自己說的，我也沒辦法啊。話雖如此，我也沒有什麼這個傢伙能夠實現的願望…………這麼說來，祕密基地的馬桶塞住了吧，叫他修好那個趕快回去算了。」

眼看就要被通馬桶這種小事打發回去的惡魔發現愛麗絲不是在開玩笑，臉上終於開始浮現焦躁之色了。

這時，他赫然驚覺到一件事，抬起頭來。

『……對、對了，青春呢！任何女人都希望永遠年輕貌美，這個如何……！』

「仿生機器人不會變老啦。隨著時間變得老舊的部分也可以靠版本升級解決……沒你的事了，你還是回去吧。」

『…………』

和出現的時候正好相反，惡魔變得垂頭喪氣，默默消失了。

徒留寂靜的現場，盪漾著有點尷尬的氛圍。

在如此微妙的氛圍當中，我喃喃說了一句：

「……我本來想許酒池肉林之類的願望的說。」

「那種事情在當上幹部之後靠自己的力量就可以實現了吧。別和那種可疑分子扯上關係。」

……明天開始我要好好加油。

聽愛麗絲那麼說，我下定決心要在這個星球表現得更為傑出——！

「對了，愛麗絲，妳現在相信我不是騙子了吧？」

「…………………」

【中間報告】

針對這個行星的生態系以及所謂的魔法進行調查。

這個星球的生物多半都很巨大，而且大部分都相當好戰。

其中又屬波波蛇的甩尾特別強大，聽說每年都有許多獵人反遭狩獵。

波波蛇的天敵莫吉莫吉則是個性比較溫和的一種，應該能夠與之共存。

該生物似乎是靠叫聲來辨識同伴，只要誠心誠意地一起鳴叫，或許可以加深友好關係。

關於魔法的部分，目前愛麗絲對於其存在抱持否定的態度，需要更進一步的調查之後另行報告。

另外，已知被稱呼為惡魔的存在沒什麼了不起。

然而，對此或許也需要更進一步的調查，將在下次滿月再次召喚。

屆時將再次報告結果。

報告者　莫吉莫吉愛好家戰鬥員六號

第二章

腹黑系貪瀆騎士

1

在國王是廢柴的這個國家，負責內政的是第一公主，緹莉絲。

就在我被這位實質上的一國之首叫進城裡，經過中庭的時候。

站在一台大機器前面的緹莉絲，忽然杏眼圓睜……

「小雞雞慶典！」

…………

「還是不行啊……話雖如此，我總不能在廣大的國民面前高喊這個詞彙……」

說著，緹莉絲一邊嘆氣一邊轉過頭來看見我，整個人僵住。

我對動也不動的緹莉絲說：

小雞雞
慶典！

「就算是公主殿下，在這個年紀也會想要放縱一下嘛。我在遠征期間住飯店的時候也會因為解放感而脫個精光，所以我懂妳的心情。」

「不是這樣，請不要自行導出奇怪的結論！應該說，我之所以大喊這種詞彙，追根究柢還不是你害的！」

不知道是不是因為被我看到丟臉的一面，面紅耳赤的緹莉絲蠻不講理地對我如此抗議。

「喂，不要說那種莫名其妙的話喔！為什麼是我害的啊！」

「你現在說這句話是認真的嗎！將啟動古代文物用的祝詞換成這種詞彙的人明明就是你啊！」

…………這個傢伙在說什麼啊？

「我何必改一個這麼愚蠢的密碼啊？不要說那種讓人摸不著頭緒的話啦。」

「你不是說真的吧！事情才發生沒多久，你該不會是真的忘記了吧！……先、先不管這個了，我傳六號大人來所為無他，是有一件事情想告訴你。」

我最近的活躍表現讓公主殿下路線的旗標這麼快就立起來了是吧。

可是……

「抱歉啊，緹莉絲。妳對我有好感是讓我很高興，但是我不太能接受黑心的女生……」

「誰說我是要告訴你那種事情了！我只是有點事情想找你商量罷了！還有，請不要說我黑心！要找你商量的，也是和這個古代文物有關的事情！」

依然紅著臉的緹莉絲如此對我咄咄逼人。

「我記得那是降雨用的機器對吧？」

我示意要緹莉絲說下去，她便用力點了一下頭。

「以往每年到了需要水的季節，我們就會啟動這個古代文物來降雨。然而，最近這幾年由於古代文物故障，就連降雨儀式也無法順利進行了……」

說到這裡，緹莉絲露出嚴肅的表情。

「然後，我傳六號大人來到這裡的理由，其實是想委託你做護衛的工作。在古代文物壞掉之後，我國所需的水資源全都仰賴鄰國托利斯王國挖掘出來的一種名為水精石的稀有礦石……由於古代文物姑且修理好了，今年就請鄰國讓我國減少進口量。但是……」

面有難色的緹莉絲別開視線。

「事到如今父王陛下才說不想負責啟動古代文物，躲得無影無蹤……」

根據緹莉絲的說明，要啟動古代文物，必須由繼承王家血統的人，在誠心祈禱的大群民眾面前，大聲喊出祝詞才行。

不過如果是這樣的話，也不見得非得由國王負責……

「緹莉絲在眾人面前大喊不就好了。」

「我怎麼可能喊得出口啊，你想叫女孩子在大庭廣眾之下說出那種詞彙嗎！……所、所以，我們目前依然在搜索父王陛下的行蹤，不過為了保險起見，還是想派遣外交官前往托利斯。話雖如此，提出要減少進口量的是我國，現在又要拜託鄰國再次增量，照理來說應該會是一次艱難的談判……」

說著，緹莉絲雙手互握，擺出祈禱的姿勢，以楚楚可憐的少女般的眼神仰望著我。

不過我知道。

這位公主殿下很黑心。

只要是為了國家好，她接下來想說的話要多骯髒都有可能。

「……托利斯的第一王子以極度好色聞名。所以，我打算命令個性很那個但是就只有外貌相當姣好的雪諾，派遣她以外交官的身分前往鄰國……」

「我已經不想繼續聽下去了……」

這位公主殿下該不會是想把自己的家臣當成活祭品獻給那個好色王子吧。

就連身在邪惡組織的我都因為她的黑心程度退避三舍。

「請你聽我把話說到最後，我剛才不是說想拜託你擔任護衛嗎？我並不打算叫她賣身。只是，那位王子是出了名的喜歡美女，看見雪諾肯定會動歪腦筋吧。請你在她陷入失身危機的時候當場來個罪證確鑿並且加以譴責。對身為外交官的雪諾動手可是國與國之間的大問題。沒錯，到時候談判起來想必對我國相當有利吧。」

「那招在我的故鄉叫作仙人跳。」

我身邊的人全部都是黑暗面那邊的傢伙嗎？

見我為之倒彈，緹莉絲不知為何露出感動的表情。

「換句話說，這是在六號大人的故鄉也經常使用的外交戰略嘍？既然如此就好辦了。雪諾是個堅強的女孩，她一定沒問題的。再怎麼說，她可是有過在大家面前被六號大人脫過內褲的經驗呢。」

「吶，緹莉絲，關於那件事我是有正當理由的。應該說，我目前在坊間已經被取了一個不太好聽的綽號了。為了避免有更多奇怪的流言跟著我，請妳說話的時候小心一點好嗎？」

真要說起來，我也是為了拯救這個國家才會脫下雪諾的內褲。

那是一種英雄行為，被當成性騷擾的話我也很傷腦筋。

話說回來……

「護衛是吧……我是戰鬥員不是保鑣耶，對這種事情我實在沒什麼興趣……」

面對如此自言自語的我，緹莉絲露出開心的笑容。

「你說這種話真的可以嗎？我聽說六號大人和雪諾連嘴都親過了不是嗎？要是她真的失身了你也無所謂嗎？」

說著，她意有所指地竊笑不已。

「我無所謂啊，又不會怎樣。」

「咦？」

緹莉絲似乎對於我的發言感到意外，輕輕叫了一聲。

「那個沒耐性又貪心的女人又不符合我的喜好。所以她就算失身了我也不會怎樣……」

「那種話絕對不可以在她面前說喔！還有，這是我國對如月公司正式委託的任務！算我拜託你，請你接受吧！」

話不能這麼說吧……

「以往我國與托利斯的外交都是交由參謀負責，但也不知道到底是怎麼了，他上個月突然表示要辭職……也因為這樣，外交的人手不太夠……」

參謀是吧。

我不知道參謀是哪個傢伙，不過突然丟下自己的工作也太沒有責任感了。

或許他被這個國家的人害得很慘吧。

「總之無論如何，我可不接這次的委託。我是戰鬥員，除了戰鬥以外的事情都不是我的專業領域。我是很喜歡陷害別人沒錯，不過妳還是找別人吧。」

聽我這麼說，緹莉絲著急了起來。

「請、請等一下！我準備了愛麗絲小姐拜託我的某項資訊，作為這次委託的報酬……」

「……某項資訊？」

那個傢伙會想要的資訊是什麼啊？難道是這個星球的稀有生物或管制藥品嗎？

這時，像是在回答我的疑問似的。

「是關於留存在這個大陸各個地方的遺跡的資訊。其實，我接下來準備派遣雪諾前往的托利斯，也有個不知道該如何解除入口的封印，至今未曾調查過的遺跡。如果你願意接受委託的話，我就拜託托利斯准許你們調查那個遺跡……你意下如何？」

緹莉絲帶著惡意賣萌的眼神對我這麼說。

2

在這個城鎮的郊外，有一間頗大的房屋掛著祕密結社如月的招牌。

這裡是我和愛麗絲租借的暫定祕密基地。

也就是祕密結社如月當前的葛瑞斯分部。

「——事情就是這樣，聽說那個我忘記叫什麼的國家有個還沒有人動過的神祕遺跡。可是因為未能解開太古的技術，所以無法解除入口的封印，沒人能進去。不過，這個問題就等到了現場再想吧。」

從城裡回來的我，正在和愛麗絲商量剛才的事情。

「所謂的太古技術，指的大概是像安置在城堡中庭的歐帕茲那類東西吧。如果是靠電子認證金鑰鎖定的東西我就有辦法處理，包在我身上。問題比較大的，是六號從緹莉絲手上接下的另外一項任務。」

「……嗯？另外一項任務？」

我坐沒坐像地把腳放在桌子上，還一邊搖腳一邊這麼問。

「緹莉絲不是說要派遣雪諾去當外交官，要你當雪諾的護衛嗎？趁現在先告訴你，你這次可別做蠢事喔。即使我再怎麼高性能，也沒辦法一再幫你擦屁股。」

也不知道是在擔心還是怎樣，愛麗絲對我這麼說。

「什麼嘛，原來妳在說那個啊。包在我身上，在喝酒的場合和第一次見面的大叔打好關係這種事情我最在行了。」

「就算是這樣，也不要每次去喝酒的時候都撿不認識的大叔回來好嗎。六號帶回來的遊民大叔還擅自在祕密基地的庭院裡搭帳篷，打算就這麼住下來喔。你都不知道要趕走他有多辛苦。」

我還想說前一天還和我那麼要好的大叔怎麼每次到了早上都不見蹤影，原來是這個傢伙擅自趕走的啊。

「不愧是仿生機器人，在奉獻活祭品給惡魔的時候我也這麼覺得，妳這個傢伙還真是沒血沒淚呢。」

「無論幾次我都要說，仿生機器人就是這麼回事。更重要的是，阿斯塔蒂大人也給了我們擴大侵略地的指令。然後無論幾次我都要說，千萬別做蠢事喔。總部叫我們這個月內要做出成績來喔。」

面對像這樣千叮嚀萬交代的愛麗絲。

「我不知道那些幹部對妳灌輸了什麼觀念，不過妳應該是誤會我了喔。反正妳等著看，我會讓妳知道最資深的戰鬥員也懂外交！」

「我的意思是叫你不要多做多錯。」

3

這個行星的地表大部分都被廣大的森林所覆蓋。

森林以外的空曠地區，全都是不適合住人的，紅褐色的荒野地帶。

而我們現在就在荒野之中——

「啊哈哈哈哈哈哈！啊哈哈哈哈哈哈！我是風！我要化為一陣風！吶，隊長，快看！那群致命顎獸簡直和紫橙螺旋蝸牛一樣慢！任何人都追不上現在的我們！」

「喂，格琳，不乖乖坐好小心摔出去喔！雪諾、蘿絲！妳們兩個也不要顧著看，快阻止這個傢伙！」

載著從天窗探出身子，興奮不已的格琳，大型越野車正奔馳著。

或許是因為某人瘋狂挑釁的緣故吧，成群長得像異形的四腳獸跟在越野車後面，不斷追趕著我們。

也不知道到底是什麼事情戳中格琳的笑點了，她從剛才就把上半身探出天窗，不斷放聲大笑。

坐在後座的雪諾和蘿絲大概也因為是第一次搭汽車，而對看出去的光景感到驚奇吧，兩個人都緊緊貼在車窗上望著紅色的大地。

「愛麗絲，妳別飆太快喔。只要車子震一下格琳就會滾下去了……應該說，妳的腳是不是沒踩到油門啊？」

「我可是高性能仿生機器人喔。應付機械時我只要插上連接線就可以掌控一切。」

聽愛麗絲這麼說，我仔細一看，確實有導線從她的衣服底下接了出來，而且插在方向盤的下方。

「先別說這些了，前面的路面狀況不太好，差不多該把格琳拉進來了。」

在愛麗絲對我這麼說的時候，車子用力彈了一下。

同時，天窗外的笑聲也隨之消失……

「隊、隊長，格琳掉下去了！她被致命顎獸圍了起來，場面慘不忍睹！」

「看吧，我就說吧！」

在愛麗絲緊急煞車的同時，我們跳出車外。

只見因為摔下去的衝擊而昏過去的格琳被魔獸圍著亂咬，眼看著就要被當成食物帶回巢穴裡去了。

「混帳，那個剩女以各種層面而言都食之無味！給你們這個來代替她，快點閃開！」

我丟出攜帶口糧充當誘餌，致命顎獸們便丟下眼前的格琳，圍了上去。

我不覺得牠們聽得懂我說的話，不過牠們好像分得出哪邊比較好吃。

回收了輸給攜帶口糧的地雷女之後，或許是因為成功反擊了格琳而感到滿足了，致命顎獸們並沒有追上來。

「……這個傢伙每次都在戰鬥之前失去戰鬥能力是怎樣，這有辦法解決嗎？」

「她只是被咬了幾口而已，還活著啦。過一陣子之後就會活蹦亂跳了。」

我們讓翻著白眼，渾身癱軟的格琳躺好，繼續開著越野車奔馳——

「——吶，六號，那個叫越野車的魔道具可以給我保管嗎？我有可以高價賣出稀有物品的管道。放心吧，只要給我少少的百分之五吃個紅……」

「我才不會賣呢。那種文明的利器對你們而言還太早了。而且，要申請那個得用掉不少惡行點數。」

大清早離開葛瑞斯王國的我們，在日落時分抵達鄰國托利斯。

「惡行點數？之前在和魔王軍的幹部戰鬥的時候你也嚷著說什麼點數不夠，難道你和愛麗絲用的那種取物魔法需要你口中的點數嗎？」

我們請總部送來各種裝備的時候用的並不是魔法，但是在這個世界的人眼中似乎怎麼看都是那麼回事。

「總之就是這樣。惡行點數是靠我平日的作為累積起來的。那可以說是最後的王牌，必須用在刀口上。」

「雖然聽不太懂，不過換句話說就是只要跟著你到處跑就可以得到稀有的魔道具嘍……吶，六號，你有辦法像虎男先生那樣取得刀劍嗎？東西夠好的話，只要不是程度太逾越的行為，我都願意用身體來支付……」

「妳、妳這個人……」

只要是為了值錢的東西和名刀，這個傢伙都可以毫不猶豫地出賣肉體是吧。

我知道她是在貧民窟長大的沒錯，不過到底要生活得多亂七八糟，才會長成這樣的女人啊？

上次說要答謝我而吻了我一下就害羞的那個她又是怎樣？

抵達托利斯的我們，在城鎮的入口找了地方保管越野車，然後立刻前往城堡。

這時，一邊東張西望一邊搬運格琳的蘿絲，好像在前方發現了什麼。

「隊長，你看那邊，那邊在賣安德龍的串燒耶！不知道安德龍是怎樣的魔獸！」

蘿絲指的地方是賣串燒的攤販。

「安德龍是距今約莫十前年，令這個國家為之震撼的巨大魔獸。即使經過了十年的光陰，至今仍然吃得到的那種肉吃起來濃厚而美味。這個國家的人持續吃了這麼久還有剩，可見那隻大魔獸大到有多誇張。」

「是喔——！隊長真是博學多聞！」

我針對安德龍隨便對蘿絲鬼扯了一番，結果賣串燒的老闆吐嘈道：

「這位客人，你這樣散布奇怪的謠言會讓我很困擾耶。安德龍是我的名字。店名的意思是安德龍經營的串燒店。」

「隊長好過分！爺爺說的果然沒錯，人類是一再欺瞞而應該毀滅的種族！」

在被我害得大出洋相的蘿絲不斷拍打我的同時，我也觀察起鎮上的狀況。

從托利斯的街景看起來，這個國家的文明水準似乎也和葛瑞斯王國差不了多少。

偶爾可以看見他們稱為古代文物的神祕機器，不過目前看來還是如月公司的科技比較占優勢。

如此這般，我們走著走著，終於看見了城堡。

或許是事先接獲聯絡了，一個身穿華服的男人前來迎接抵達正門的我們。

「各位葛瑞斯王國的使者，歡迎來到托利斯！因為時間已經這麼晚了，無法讓陛下謁見各位，不過我們準備了宴席替各位消除長途跋涉的疲勞。屆時將由我國的第一王子，恩格爾殿下負責招待，還請各位盡情享受。」

大概是這個國家的內政官吧，那位頗有年紀的男子笑容可掬地行了個禮。

正當我想著該如何回應的時候，雪諾站到我們前面去。

「好的，請多關照！我叫雪諾，是葛瑞斯王國近衛騎士團的隊長，同時擔任緹莉絲公主的專屬騎士。也就是公主的親信。」

我看著她，心想這個傢伙幹嘛搶著答腔的時候，雪諾露出滿面的笑容表示：

「聽說托利斯是以水精石的出口為主要產業。而且，還聽說那種稀有的礦石是蘊藏量極為豐富的地下資源。其實我沒看過那種石頭，如果能有機會拜見一次就好了。哎呀，貴國真是令人羨慕啊！」

「原、原來如此。那麼，各位離開的時候我們就稍微準備一些水精石作為土產好了。見到緹莉絲殿下的時候，還請您轉達一下我們的心意……」

真是令人難以置信，這個傢伙居然索求賄賂。

「好的，這個是當然！我會向緹莉絲殿下報告我們在托利斯受到多麼無微不至的款待！對了，我們來到這裡所使用的交通工具相當方便。別說是稍微準備一些了，準備再多我們也帶得回去……」

我們以傻眼到不行的視線看著一邊和內政官交談，一邊走進城內的雪諾，同時表示：

「……吶，愛麗絲。交給那個傢伙負責外交真的沒問題嗎？我們是跟來當護衛的沒錯，但要是雪諾捅了什麼簍子，我們也很危險吧？應該說，那個女人實在貪心到連我也看不下去了。」

「別看她那樣，雪諾好歹也是騎士團的隊長，不可能是第一次負責外交。對於未開化的文明而言，賄賂是理所當然的。對吧，蘿絲？」

「爺爺說的果然沒錯，人類是貪心而應該毀滅的種族……」

……沒有理會喃喃說出奇怪言論的蘿絲，我跟上開心地走在前面的雪諾。

4

於是，場面來到款待我們的宴會。

「隊長，這身超迷你的禮服如何啊！性感嗎？你說我性不性感？是不是讓你慾火焚身到想要推倒我了啊？」

被我在派對會場前面撞見的格琳，身上穿著黑色的性感禮服，一邊炫耀一邊這麼問。

「我只能說老太婆別逞強。」

「偉大的澤納利斯大人，請對這個男人降下災禍！讓他遭受不舉的詛咒吧！」

在格琳指向我的同時，我以撲壘的動作閃躲。

「失手了……」

「失什麼手啊，妳這個女人未免太恐怖了吧！我現在感覺到比面對任何強敵的時候都還要強烈的恐懼！」

或許是支付給邪神當成代價了吧，格琳的戒指消失了。

平常明明就派不上用場，這個剩女倒是專門挑沒必要的時候發揮令人害怕的力量。

她可以支付蘊藏著強烈意念的物品為代價，藉以施加詛咒。

像她剛才對我施加的詛咒那樣，在失敗的時候降臨到她身上的反作用不至於讓她身受其害的話，成功率就會下降。

但儘管如此，還是一樣令人害怕。

「隊長真是不老實。你之前明明就偷看過我的內褲……」

「那是因為妳一直挑逗我啊。如果妳繼續像那樣搖晃裙襬的話，就等著再被我掀一次裙子吧。」

或許是因為聽了我的發言而開始提防我，只見格琳緩緩後退。

這時，同樣換好衣服的另外三個人出現在我們面前。

雪諾穿著一身裸露多，尺度又大的禮服，挺著胸部大方展露。

「六號，你覺得這身超迷你的禮服怎樣！性感嗎？如何，我性不性感？是不是讓你慾火焚身到想要把財產貢獻給我了呢？」

我看向不久之前才說過類似的話的格琳，她便輕輕低下頭，像是在逃避我的視線。

「……格琳，妳剛才問我感想的時候表情就像這樣。」

「……隊長，是我不好。因為派對是認識異性的場合，我才會那麼興奮。我稍微收斂一點就是了。」

這時，唯一一個穿著和平常的洋裝沒太大差別的愛麗絲靠了過來，對我耳語：

「嘿，六號，我假裝自己是迷路的小孩在城裡調查了一番，這個國家也有不符合文明水準的機器。剛才人太多了我沒辦法詳細調查，所以派對開始之後我們再偷偷溜出去擺弄一番吧。」

「妳這個傢伙在這方面真是無懈可擊呢……」

看來這個星球到處都存在著神祕的機器。

這個世界到底有著怎樣的過去啊？

那個什麼太古遺跡的好像也還沒有人調查過，如果找到什麼稀世珍寶或是古代的超強道具，把這個成績當成我的功勞的話，享受幹部待遇也不是夢想了吧……

在我這麼想的時候，感覺和那個太古遺跡最可能有關係的合成獸被換上美美的禮服，開心地哼著歌。

……這個傢伙也那麼期待在派對上認識異性嗎……

「蘿絲，妳也一樣嗎……」

「一樣什麼啊？隊長，派對真是令人期待呢！一定可以吃好吃的東西吃到飽吧！」

我錯了，讓這個傢伙雀躍不已的是食慾啊。

拜託妳至少要繼續當這個小隊的良心。

看著一臉狐疑地對我歪著頭的蘿絲，並且如此祈禱的同時。

我拉了拉借來的西裝的領子，打開通往會場的門——

「——喂，六號，這下子該怎麼辦啊？什麼帶來的人選挑錯了之類的，這已經不是那種小兒科的問題了。」

款待我們的宴會，會場已經完全化為一片混沌的狀態。

而且主要是我的小隊的那些傢伙害的。

「好厲害喔～～原來是這樣啊～～！哈梅爾先生還那麼年輕，怎麼會這麼優秀啊！而且既然是貴族家的三男，不但沒有擾人的繼承問題，更不需要在雙親年老之後照顧他們呢！」

「是、是啊，妳說的都對。不過，我之所以獲選為第七騎士團的隊長，全都要歸功於優秀的部下……」

首先是用比平常還要高八度的聲音，說出平常不會用的言詞的剩女。

格琳帶著諂媚的眼神，對一名棕髮型男騎士示好。

不同於平常不健康的模樣，稍微打扮過的她現在看起來確實很有淑女的樣子。

「話說回來，請問一下，使者小姐為什麼光著腳呢？」

除了她光著腳這一點以外。

大概是因為那個傢伙之前提過的，不能穿鞋的詛咒害的吧。

儘管穿著漂亮的禮服，卻光著腳在地毯上走來走去的模樣，醞釀出異樣的氛圍。

「討厭啦～～哈梅爾先生真是的～～叫我格琳嘛！我們的感情都已經這麼好了！」

格琳以忸忸怩怩的詭異動作討好對方，但那個男人顯得有點退避三舍。

「不、不行，面對第一次見面的小姐突然就直呼名諱不太好……對了，問妳為什麼光著腳是不是不太好啊……」

「是宗教因素。先別說這個了，哈梅爾先生還真是不擅長和女生相處呢！不過我覺得這是很棒的優點，感覺這樣比較不會出軌！」

沒等對方完全問完格琳就回話了。

而處處受制於格琳的男騎士儘管不知所措，但因為對方是使者又不能冷處理，只好應付了事。

另外……

「太好吃了！我還是第一次有機會吃到這麼多這麼好吃的肉！」

「那真是太好了。不過蘿絲小姐，烤全豬原本並不是一個人吃完一整隻的東西……不好意思，我想骨頭應該不要吃下去比較好。啊啊，您嘴邊都是醬汁……」

蘿絲一邊大口啃食大盤子上的烤全豬，一邊淚眼汪汪地大讚好吃。

負責上餐的女僕拿手帕幫她把弄髒的嘴擦乾淨，但她完全不在乎，只顧著吃。

「好吃！太好吃了！骨頭也好脆，吃哪裡都好好吃！」

「那、那真是太好了，您吃得開心最重要。蘿絲小姐，接下來這道是炭烤羅馬龍蝦和越後螃蟹。這兩種都是海潮味比較重的食材，不過肉吃起來十分芳香……蘿絲小姐，殼是不能吃的部分！蘿絲小姐？蘿絲小姐！大螯最好也不要直接啃……！」

蘿絲這邊在不同層面上也和格琳一樣引人注目。

而最誇張的……

「恩格爾殿下還沒來嗎！第一王子恩格爾殿下不是要來款待我嗎！喂，六號，如果色誘王子成功的話我一定會好好答謝你！所以在我誘惑恩格爾殿下的時候記得支援我！」

「渣到這種地步反而有種爽快感呢……」

是這個從剛才開始就完全不打算掩飾慾望的女人。

穿起禮服來明明就有模有樣，卻完全被她的言行給糟塌了。

「聽我說，六號，你仔細聽好了。對方是托利斯的第一王子，同時也是繼任國王。而這個國家可是號稱在地上隨便挖都可以挖出金幣的資源大國。換句話說，只要當上這裡的皇后就可以一生高枕無憂了！」

我到底應該拿這個傢伙怎麼辦啊？

緹莉絲交代我的委託是仙人跳，內容是要在這個女人即將跨越最後一道界線的時候，抓準最後一刻闖進去救她。

但是，既然她本人根本有意思跨越最後一道界線，我這麼做反而是妨礙她。

這時，看著亢奮不已的雪諾的愛麗絲靠了過來，在我耳邊說：

「喂，六號。聽說這個國家的那個叫恩格爾的男人身材肥胖又好色，是個非常不推薦的男人。要是讓她太過期待，到時候大受打擊反而麻煩。你想辦法處理一下那個傢伙吧。」

是喔。

「這樣反而更有趣了。不如就這樣置之不理，讓她更加期待之後再失望個夠吧。」

「你這個傢伙還真是個大好人呢……」

正當愛麗絲露出饒富興味的表情時，一名執事高喊：

「讓各位久等了。第一王子恩格爾殿下駕到。」

我看向會場的入口，見到的人物超出了我的預期。

「……愛麗絲，這個再怎麼說都沒戲唱了吧。聽說是個胖王子的時候，我本來想像的是個更年輕一點，有點圓潤的小少爺呢。」

「聽說這個國家的國王當了很久。只要父親沒退休，不管幾歲都是王子殿下喔。」

走進來的是個推測年過四十的肥胖大叔。

大概是拜不良生活習慣所賜吧，他光是走個幾步就氣喘吁吁，明明不熱還是滿頭大汗。

再怎麼說，在滿心期待的狀態下看到這種貨色也太可憐了。

我正打算幫雪諾打氣的時候。

「恩格爾殿下，幸會！我是來自葛瑞斯王國的近衛騎士團隊長，名叫雪諾！今天很榮幸能夠見到殿下！」

我原本以為雪諾看見王子殿下會大受打擊，結果她反而眼睛一亮，綻放出花朵般的微笑。

……看來我太小看這個傢伙了。

「喔喔，外交官小姐真是個美人啊。我是這個國家的第一王子，恩格爾。這次讓妳千里迢迢專程前來，真是……」

「美人這兩個字人家擔當不起！恩格爾殿下才是，您那充滿男子氣概的魁梧體態，還有感覺得出強健氣魄的容貌！人家都要神魂顛倒了！」

雪諾口中的恩格爾殿下話都還沒說完，她就已經插嘴誇讚對方了。

我原本以為她只是個貪念有點重又熱愛刀劍的奇怪女人，結果根本不是這樣。只要是大富翁，無論對方是半獸人還是史萊姆，我想這個女人都可以打從心底愛上對方吧。

「……雪諾小姐，妳願意這樣稱讚我是讓我很開心，不過我很清楚自己的外貌。即使不這樣恭維我，我國和葛瑞斯王國依然是友好國家。所以妳不需要這樣討好我……」

「您在說什麼啊，恩格爾殿下，請看著我的眼睛！殿下是一位魅力十足的男性，唯有這件事我敢肯定！如何？我的眼神看起來像是在說謊嗎？」

銀髮美女目不轉睛地從正面凝視著一個胖大叔。

只看剛才的發言以及現在這一幕的話，還挺像找到真愛的美女與野獸之類的感動場景，但是現在我真的不知道該拿這個傢伙怎麼辦。

「……看、看起來的確不像是說謊的眼神。好吧，謝謝妳。這還是第一次有人一臉真摯地讚美我，看來緹莉絲公主有個好部下呢，太令人羨慕了。對了，聽說妳這次前來我國是為了水精石的輸出……」

「您、您這是什麼意思呢，恩格爾殿下！我如此熱情地向您訴說情意，為何您卻想要討論那種話題呢！」

大叔轉換了心情打算開始討論正事，結果那個貪財女又打斷了對方。

什麼那種話題還是哪種話題，那個傢伙明明就是為了水精石來談判的吧。

「不、不是，雪諾小姐，我不懂妳在說什麼，要是我染指友好國家的使者，那可是非常嚴重的外交問題……」

莫名其妙地被雪諾罵了一頓，招架不住的大叔緩緩後退。

「沒骨氣的男人！我聽說恩格爾殿下是個好色的男人，難道那是誤傳嗎！眼前明明有個女人在對你示好，難道你想讓這個女人丟臉嗎！」

「突然就對著第一次見面的人說好色未免太失禮了吧！應該說，我們明明才剛見面，為什麼這個女孩可以積極成這個樣子啊！」

配合緩緩後退的大叔而頻頻前進的雪諾，已經完全不打算掩飾臉上蠢蠢欲動的慾望了。

「我是代替緹莉絲公主前來的。你懂這是什麼意思吧？原本遭受魔王軍侵略的我國，就在不久之前成功抵擋了敵軍的大規模攻勢，目前戰況正逐漸縮小到零星衝突的程度。你看，那裡有個拿著飲料，無所事事，一臉傻樣的男人。那個男人名叫戰鬥員六號，別看他那副德性，就只有在戰鬥方面的表現相當傑出。」

雪諾一邊以連我這邊都聽得到的音量這麼說，一邊瞄了我幾眼。

「喂，愛麗絲，那個女人剛才在損我對吧？」

「她說你只有在戰鬥方面的表現相當傑出，所以也有稱讚到你啊。」

是、是這樣嗎？

我沒什麼被稱讚的感覺耶……

「現在，我國坐擁許多像那個傢伙一樣的傭兵。從他那張感覺就很凶暴的長相也看得出來，他們都是一些閒來無事就會闖禍的傢伙。不過，只要給他們敵人讓他們有得戰鬥，他們就會變得意外地安分。」

聽雪諾這麼說，大叔帶著略顯害怕的眼神看向我這邊。

這果然不是在稱讚我吧，這種程度的事情就算是我也懂。

用我們的武力幫自己撐腰，雪諾露出壞人的表情嚇唬大叔，同時摟著他的肩頭說：

「放心，他們因為我國和魔王軍陷入膠著狀態而無所事事只是暫時的事情，不久之後就會另起戰端了。不過……為了讓那些傢伙安分到那個時候，我國也想和鄰近國家保持友好關係，你說是吧？」

「這、這是當然！所以我國才像這樣盛大地款待雪諾小姐不是嗎……」

……我還是假裝沒聽見那個女人和大叔這番見不得光的對話好了。

——就在這個時候。

「該死的傢伙，竟敢欺騙我！有未婚妻的話一開始就應該先聲明了，不過就是長得有點帥而已，玩弄少女心之罪依然不可饒恕！」

「話、話不能這麼說啊……！格琳小姐，請妳先冷靜一下，大家都在看！」

會場正中央傳出如此的叫罵聲。

我還在好奇發生什麼事的時候，就看見我們隊上的剩女正打算詛咒剛才的騎士。

「偉大的澤納利斯大人，請對這個男人降下災禍！讓他淋成落湯雞吧！」

格琳如此吶喊，同時她緊緊握在手中的東西也消失了。

接著，有如打翻水盆一般的大量清水從格琳頭上澆得她一身濕。

……看來詛咒失敗了。

渾身濕透的格琳低著頭，肩膀不住抖動。

「……呵……呵呵……想笑就笑啊。啊哈哈哈，快點嘲笑我這個可悲的女人啊！不但倒貼型男反被甩，結果還因為詛咒失敗弄得自己狼狽不堪，儘管嘲笑這樣的我啊啊啊啊啊！」

那個剩女終於惱羞成怒，躺在地毯上，手腳亂踢亂揮，鬧起脾氣來了。

我實在不太願意想這件事，不過那個好像是我的部下呢……

正當我覺得不忍心再看下去，打算離開現場的時候。

「做人不應該如此貶低自己喔，小姑娘。起來吧，一身濕又哭成那樣太糟塌妳可愛的臉蛋了。我立刻叫女僕幫妳準備替換的衣物……」

對呼喊個不停的格琳遞出手帕，如此表示善意的，是一名高大的中年男子。

他的體格頗為健壯，可能是擔任將軍或類似職位的人吧。

「……不好意思，這位紳士叔叔？方便請教一下您的名字嗎……」

「先告訴妳，我已經有妻子了。」

真的不忍心再看下去的我，戳了戳興致勃勃地看著格琳的愛麗絲，就此離開現場。

5

「吶，愛麗絲。我上次表現得非常活躍對吧？照理來說，應該可以和一起跨越生死關頭的夥伴們立個旗標才對啊，為什麼那些傢伙各個都那副德性啊？到頭來大家還是偏好型男和富翁嗎？難得來到地球以外的行星，為什麼偏偏只有這一點如此現實啊？」

「你也比較喜歡年輕貌美身材好，最好還對你死心塌地的女生對吧。在我這個仿生機器人看來，男人女人都是半斤八兩。如果你想要理想的女人，如月公司不久之後準備發售十八歲以上限定的仿生機器人，你就用那個忍耐一下吧。」

一邊冷卻因為酒精而發燙的身體，一邊在城內遊蕩的我和愛麗絲如此對話……

「……喂，愛麗絲，妳剛才說什麼？妳說如月公司要賣十八禁的色胚美少女仿生機器人嗎？」

「沒有。我才沒有提色胚。」

怎麼辦，我開始想盡快回日本去了。

但聽說現在回地球會被送到對付英雄的激戰區去耶……

就在我這麼想的時候，愛麗絲忽然站住不動。

「到了。六號你看，你覺得這個東西到底是什麼？」

被放在城內某個角落的，是一台正中間安裝了大型玻璃槽的機器。

玻璃槽裡裝滿了某種液體，看得出機器目前依然在運轉。

「我知道這是什麼東西。應該是那個吧，在這個玻璃槽裡面培養很不得了的東西用的吧。具體來說像是人造人美少女，或者是某個人的複製人之類的。愛麗絲，妳分析一下這個東西然後製造雪諾的複製人好了。然後我們用剛出生還很純潔的雪諾，去替換人在派對會場裡的那個骯髒的傢伙。」

「聽起來好像很有趣，不過這個大概是類似冬眠艙的裝置吧。應該是要讓某種東西睡在裡面用的。現在好像是空的，大概是原本在裡面的東西醒來之後逃走了吧。」

愛麗絲輕輕拍打玻璃槽，同時這麼說……

「不對，絕對不是！這是製造美少女的裝置，否則怎麼會這麼突兀地放在這種地方引人遐想啊！咱們試著到處亂弄一下吧，我想應該會像轉蛋一樣生出什麼東西來才對。」

「既然你都說成這樣了就試試看吧。但我覺得以構造而言這是生命維持裝置就是了。」

即使聽愛麗絲喃喃地這麼說，我還是沒有氣餒，在機器上到處亂按。

然而機器還是毫無動靜，於是耐不住性子的我頭也不回地對著在我背後不耐煩的愛麗絲說：

「幾百年來都像這樣擺著沒動，一定是故障了。這種狀況肯定敲一敲就會好。」

「真拿你沒辦法，如果非得敲打那台機器你才會滿意的話就隨你高興吧。要是敲壞了我們可得立刻逃跑，所以至少先做好準備。」

我一邊聽她這麼說，一邊準備痛毆那台機器，而就在這個時候。

「住手──！」

近乎尖叫的聲音在陰暗的走廊上迴盪。

我心想是怎樣，往後面一看……

「你們這些白痴沒頭沒腦的想幹嘛啊！你們知道那個裝置是多麼貴重的東西嗎！」

盛氣凌人地對我們這麼說的是個看似小學生的少年。

五官端正的稚氣臉蛋隱約顯露出狂妄的氣息，一頭銀髮，左右眼的顏色還不一樣。

……話說回來，總覺得他這個造型好像在哪裡看過。

「怎麼了小鬼頭，你是這座城堡的人嗎？我在葛瑞斯王國的地位非常偉大，名叫戰鬥員六號。如果你不想搞出外交問題的話，說話要小心一點。」

「我和這個國家一點關係都沒有。話說回來……戰鬥員六號？就憑你這副德性？……是喔，加達爾堪德敗給了這種傢伙啊。那個傢伙也真是中看不中用啊——」

……這個囂張的小鬼是怎樣，來教他一下該怎麼對長輩講話好了。

慢著，不對，這個傢伙剛才說了什麼？

「加達爾堪德是被我撂倒的魔王軍幹部的名字對吧？連你這種死小孩也知道魔王軍幹部的名字嗎？」

少年從鼻子哼笑，一副瞧不起我的樣子。

「原來如此。看來海涅說的沒錯，你的腦袋好像不太靈光。我的名字是羅素。沒錯，我正是魔王軍四天王——水之羅素！」

帶著猖狂的笑這麼說的少年，羅素。

隨後便因為我的鐵爪功放聲尖叫。

「——怎麼了，發生什麼事了，羅素！到底是怎麼……啊啊，你、你是！」

正當我在制裁那個自稱魔王軍幹部的小孩時，背後傳來一個熟悉的聲音。

我轉頭看見聲音的主人是誰的同時——

「逮人啦——！」

「嗚哇啊啊啊啊！等！別……！」

站在那裡的正是魔王軍幹部，炎之海涅。

不知道她為什麼會在這種地方，不過我拋開羅素，對著嚇得僵在原地的海涅施展了一記擒抱。

「哈哈哈哈哈！我不知道妳為什麼在這種地方閒晃，不過毫無防備地掉以輕心就是妳氣數已盡了！喂，愛麗絲，立刻叫總部傳送手銬過來！」

「收到！」

「住手！喂，六號，你誤會了！今天的我不是來消滅你們的人類公敵，而是以魔王軍使者的身分來到這裡！」

倒在地上被我騎住的海涅拚命大喊。

「喂，六號，手銬來了。」

「幹得好啊，愛麗絲。我把海涅的手扳到後面來，妳銬住她。」

「等等，聽我說……！」

我緊緊抱住海涅讓她無法動彈，同時硬是將她的雙手拉到她背後。

「六號，我鎊好了，你可以放手了。」

「我不是叫你先聽我說了嗎！……嗚、喂，六號？你都已經拘束住我了，可以放開我了吧？嗚、喂，你的呼吸怎麼越來越急促啊！羅素！羅素！救命啊，羅素！」

我原地一個轉身，用我緊緊抱在懷裡的海涅當成肉盾。

「咕啊！羅、羅素……你……！」

「海涅！不、不是，我只是想救妳……！」

我因為感覺到背後傳來殺氣才臨時用海涅當擋箭牌，看來是羅素發動了攻擊。

被當成肉盾的海涅似乎是背上中了某種魔法，表情因為痛苦而扭曲。

「你這個小鬼搞什麼啊！哪有人一見面就攻擊對方的，簡直混蛋加三級！」

「好棒棒喔六號，你連自己三分鐘之前做過什麼事都不記得了啊。」

聽不懂愛麗絲在說什麼的我，繼續抱著海涅當成肉盾，站了起來。

面對因為失手傷到同伴而臉色蒼白的羅素，我舉著盾一點一點縮短距離。

「喂，海涅，就算是邪惡組織也該慎選同伴喔。這個小鬼不但突然從背後攻擊才剛打過照面的人，而且傷了妳還不當成一回事耶。我從來沒見過這麼喪心病狂的人。」

「六號，你要不要照一下鏡子……算了，我還是什麼都別說好了。」

在我安慰海涅的時候，愛麗絲又說了這種讓人聽不懂的話。

「總之無論如何，我造訪別國的城堡抓到性感幹部啦。不但是大功一件，還有我最期待的審訊時間。嘿、嘿、嘿、嘿，海涅小姐啊？被敵人抓住的女幹部會面臨何種遭遇，妳總不可能不知道吧？」

「六六六、六號，等一下……！我、我們這次真的是……！還有，你的手從剛才開始就一直碰到我的胸部……！」

每次海涅扭動身體，惡行點數增加的語音就在我腦中響起。

「很好六號，你乾脆墮落到爬不回來的深淵去好了。讓我見識一下陰險又卑鄙的小混混的真髓吧。」

沒有理會淚眼汪汪又不停顫抖的海涅還有在一旁囉嗦個沒完的愛麗絲，我看著羅素說：

「所以，你到底是怎樣？魔王軍已經人手不足到需要用你這種陰險又卑鄙的小鬼當幹部了嗎？」

「你、你這個傢伙才是怎樣吧！從剛才開始就一下子說我卑鄙一下說我陰險，唯有人類沒資格對我說那種話！」

《惡行點數增加。》

羅素似乎很不習慣被人嗆，面紅耳赤地這麼反駁我。

「你最好趕快把海涅放開喔！你的事情我都聽說了。像是攻陷了堅不可摧的達斯特之塔，還有打倒了加達爾堪德之類的！反正你一定是用了卑鄙的手段才達成了那些事蹟吧！」

「夠了羅素，別挑釁這個男人！還有六號，你不要每說一句話就對我上下其手！等等，住手！」

《惡行點數增加。》

我把海涅摟進懷裡，同時從腰際拔出槍。

「聽好了小鬼頭，世間氾濫著各種幹部，其中最令我無法接受的就是像你這種小孩幹部。反正你一定會說什麼『吶，我可以把這個傢伙當成我的玩具嗎？』之類，還有『唉——不好玩。玩膩的玩具還是弄壞好了。』之類的台詞吧？我都知道啦。」

「才、才沒有……！就、就算有也只是偶爾而已！別再扯這些了，快點放開海涅！如果你想和我戰鬥的話我可以奉陪，所以你不准再亂碰我的同伴了！」

《惡行點數增加。》

看來這個傢伙並不了解我手上的是怎樣的武器。

儘管是敵方幹部，要殺害小孩還是讓我很有罪惡感，但這也是身在邪惡組織的不得已。

我將槍口對準了羅素，正準備扣下扳機，就在這個時候……

「吶，六號，你把我說的話聽進去吧！我們是正式以使者的身分來到這個國家，如果你攻擊我們，你的國家和這個國家的關係會變得非常緊繃！還有不准你再揉我的胸部了！」

被當成人質的海涅拚命勸阻我，而在此同時點數增加的語音依然響了起來。

6

「混帳────────！喂大叔，這是怎麼回事你最好說明清楚喔！是不是瞧不起如月公司啊！等著接受制裁吧，叛徒！」

「怎怎怎、怎麼了！衛兵！衛兵！」

回到會場的我怒氣沖沖地逼問恩格爾。

「還好意思問啊，你這個大叔！你的國家該不會在賣那個什麼水精石的給魔族吧？啊？然後還跟那些傢伙組了同盟是吧？是怎樣，你們也想和魔族聯手來攻打我們嗎？啊？」

「啊啊，你遇見待在這座城堡的海涅小姐了是吧。我記得你的名字叫作六號對吧，你先聽我說。」

大概是膝蓋不好吧，在會場正中央坐在豪華的椅子上，被雪諾緊緊黏著的恩格爾搖了搖頭，要我冷靜。

聽見我們的對話，雪諾大驚失色，也逼問起恩格爾。

「恩格爾殿下，這到底是怎麼回事！應該說為什麼炎之海涅會在這座城裡！如果六號所說的是真的，我國也不能默不作聲！」

「雪諾小姐，這件事我現在就開始說明。六號先生說我國要和魔族同盟並非事實，正確說來是不可侵犯條約。雖說是魔族，也能與我們對話，智能也很高。我國試著與他們談判，結果他們出乎意料地通情達理。」

原來如此，這個大叔開始當牆頭草了是吧。

現在回想起來，地球也有幾個像這樣的國家。

明知道如月公司是邪惡組織也沒有明確地和我們作對，維持不表態的狀態，等到開始看得出輸贏了才巴結贏的那邊。

或許外交就是這麼回事，不過那種國家最後的下場多半都不會太好。

那種國家之後通常都會被多方為難，被迫簽下不平等條約，到頭來整個國家都被侵占。

畢竟我們以前就是這樣搞的，所以肯定不會錯。

「當然，我國並不打算與貴國為敵。妳知道魔族之所以發動戰爭最根本的理由是什麼嗎？據說是因為國土遭受巨大魔獸『沙之王』所侵蝕，別無選擇之下只能那麼做。乾脆由我國當個和事佬，貴國也和魔族們和解如何？」

說著，恩格爾狀似同情地搖了搖頭，但雪諾以激動的語氣反駁：

「只要有沙之王在，魔族的國家終將沒有任何一寸土地能夠住人！只要他們想要土地，我們就無法和解！」

我不知道他們口中的沙之王是什麼東西，但似乎只要有那個傢伙在，魔族的國家總有一天會變成沙漠。

既然如此，就只能為了尋求新的土地而侵略別處了。

沒錯，就像來侵略這個行星的現在的我們這樣。

「不，如果你們有那個意願的話，我們也不是不能考慮停戰。」

因為這個聲音而看向會場入口的我，看見雙手依然被銬在背後的海涅站在那裡。

這麼說來，我聽完那個傢伙的說詞之後，還等不及解開手銬就跑來這裡了。

「該死的傢伙，還好意思厚著臉皮談什麼和解啊！妳以為上次的大戰死了多少士兵！他們全都是大好人啊。和我一起策畫盜領公款的希斯……私下買通我的摩雷克……更何況，妳融毀了我的愛劍冰山，這個心頭大恨我還沒有忘掉！」

在怒火中燒的雪諾動不動冒出讓人無法假裝沒聽到的言詞時，海涅露出妖豔的笑容，輕身站到恩格爾身旁。

「我們的加達爾堪德也被打倒了，這樣應該算是扯平了吧？而且，多虧恩格爾殿下的協助，我們或許有對付沙之王的希望了。因為這個國家的古代遺跡裡，似乎有能夠對抗沙之王的東西。我們之所以來到這裡，也是為了調查那個遺跡。」

……古代遺跡？

就是緹莉絲說的那個遺跡嗎？

這時，恩格爾接著說明下去，解答了我的疑問。

「換句話說，只要能夠設法解決沙之王，魔王軍也沒有必要和我們起衝突了。妳覺得呢，雪諾小姐？我國並沒有背叛，反而還打算解救一度屈居劣勢的葛瑞斯王國，才提出這樣的建議。然而……」

說到這裡，他臉色一沉，露出傷心的表情。

「然而，雪諾小姐似乎沒有接收到我們的誠意。不，不僅如此，甚至還威脅我國……」

說著，恩格爾裝模作樣地不住搖頭，讓雪諾為之語塞。

而海涅在這樣的恩格爾身旁露出調侃的笑容。

「我已經聽恩格殿下說了，你們之前一度決定不進口水精石對吧？我們還好心接收了托利斯不知道該賣給誰的水精石呢。結果事到如今，你們又來拜託他們讓你們繼續進口啦？」

原來如此，因為水精石滯銷，魔王軍才有機可乘啊。

「我記得妳叫雪諾對吧。呵呵，妳的態度那麼強勢真的好嗎？最糟的狀況，可能會導致魔王軍和托利斯兩邊都成為你們的敵人喔。」

「嗚……唔、唔唔……！」

或許是察覺到狀況對自己不利了吧，雪諾不甘心地咬牙切齒。

不過，也不知道是想到什麼，她挽起恩格爾的手臂，整個人貼了上去……

「恩格爾殿下會選擇我們葛瑞斯王國對吧？沒錯，我剛才的遣詞用字或許是強硬了一點，不過我當然相信恩格爾殿下。來嘛，為了證明兩國的友好，來和我相好吧！」

「嗚、喂，妳這個傢伙為了國家願意做到那種地步嗎！恩、恩格爾殿下，我也願意喔……就是……和你相好……」

不知為何她們突然展開恩格爾殿下爭奪戰。

現在是怎樣，這不對吧。

「喂，海涅！妳這傢伙居然想色誘恩格爾殿下，這樣還算是魔王軍的幹部嗎，丟不丟臉啊！恩格爾殿下，我比較有魅力對吧！」

「妳、妳才是在色誘殿下吧！恩、恩格爾殿下先認識的人是我，應該是妳要退讓才對！恩格爾殿下會選擇我對吧！」

奇怪的點也太多了，這樣不對吧。

像這樣成為美女們爭奪的對象的，照理來說應該不是大叔而是我吧。

面對這個像是後宮系主角的狀況，恩格爾卻沒有對她們兩個動心，表情淡定到不行。

「不，妳們的心意是讓我很開心，但是因為這樣而影響到外交我覺得不太好。」

「您到底是怎麼了！這樣跟我四處打聽到的恩格爾殿下的傳聞也差太多了吧！」

「直到昨天你還一直盯著我的胸部看，為什麼突然一臉已經悟道的樣子啊！這麼短的時間內究竟發生什麼事情了！」

露出賢者般的表情的恩格爾面對兩人的色誘也無動於衷。

「這個嘛，不知為何在這場派對即將開始的時候，我突然感覺像是重獲新生似的。之前的自己怎麼會是那樣一個滿腦子只有女人的庸俗之人，現在回想起來真讓我厭惡不已……」

「恩格爾殿下，您到底是怎麼了！這和緹莉絲殿下事前告訴我的形象相比，完全是判若兩人耶！」

「昨晚明明還毫不客氣地不斷以言詞對我性騷擾，現在卻突然擺出那種態度反而讓我無法釋懷！」

即使被兩人如此主動示好，恩格爾依然冷淡。

眼前的狀況讓同樣是男人的我羨慕得牙癢癢的，或許這個大叔其實不是等閒之輩。

但是……

「恩格爾殿下！我雪諾雖然個性有點問題，但是對臉蛋和身材很有自信！比起不知道打哪來的魔族，還是人類和人類在一起最好了！」

不想放過搖錢樹的雪諾激動到眼睛都布滿血絲了。

原來她姑且對個性有問題這一點有自覺啊。

「咦咦！恩、恩格爾殿下！我海涅其實是願意為男人犧牲奉獻的那種女人，還、還是選我比較……嗚嗚……」

儘管對這樣的雪諾有點退避三舍，海涅也一副輸人不輸陣似的紅著臉勇於進行色誘。

至於被兩人緊緊黏著的大叔本人……

「傷腦筋啊，真拿這兩個女孩沒辦法。真是的，我都說沒興趣了……」

他一邊說著這種毫無性慾的主角才會說的台詞，一邊瞄了我一眼，然後露出炫耀式的苦笑……

……所謂的挫敗感就是這種感覺吧。

排隊想買限定商品，結果到我前面的客人就賣完的時候。

聽說如月公司的幹部正在洗澡就跑去偷看，結果看到的是裸體的肌肉棒子虎男先生的時候。

後來才加入的戰鬥員們一個一個超越我升官發達的時候。

還有，被英雄當狗踢的時候。

然而，我現在眼前這個男人帶給我的挫敗感，卻是強烈到讓我覺得之前的那些都不值得一提了。

「怎麼了六號，為何露出那種毅然決然的表情？你該不會又在想什麼無聊的事了吧？」

愛麗絲從背後戳了戳這樣的我，並且如此叮囑。

「不好意思，愛麗絲。我接下來要衝動行事，妳可以在一旁看著嗎？有的時候，男人就是非採取行動不可。」

「……雖然不是很懂，不過我是你的搭檔，也是你在邪惡組織的同事。無論你即將幹出任何壞事，我都會陪你到最後，所以你放心吧。」

或許是察覺到我的決心了，她說出這種幾乎令我感動落淚的台詞。

沒問題，我有這個可靠的搭檔。

無論情況變成怎樣，她都一定能夠設法解決。

「該死的魔王軍幹部海涅，現在回想起來，我從第一次見到妳的時候就對妳不爽了！把那對大而無當的奶子晾在外面討好男人的模樣！原本還想說只是跟我走同樣路線也就算了，沒想到連鎖定的男人也一樣……！」

「我才沒有晾在外面也沒有討好男人，妳很沒禮貌耶！還有，說我和妳走同樣路線也讓我無法接受！我才沒有妳那麼貪婪！」

也不管她們兩個為了爭奪自己都快要扭打在一起了，大叔本人還是一臉氣定神閒的表情。

而我來到這樣的恩格爾身旁。

「恩格爾老闆。我看現場的氣氛好像變得不太好，不如我來表演一項宴會才藝如何？」

「宴會才藝？這樣啊，我聽雪諾小姐說過你在戰鬥方面相當優秀，原來還懂這種事情啊。這樣的話，當然要麻煩你炒熱現場的氣氛了。」

或許是因為形勢逆轉了，恩格爾的語氣不知不覺間也起了變化。

在得到一臉不太期待的恩格爾的准許之後，成為眾人目光焦點的我……

「妳算哪根蔥啊，不過就是以前和我戰鬥的時候被六號拍下猥褻照片的女色魔嘛！恩格爾殿下，您還是不要理會這種不知檢點的女人比較好，以這方面來說，我可是還能夠騎上獨角獸的潔淨之身……！」

「開、開什麼玩笑啊，妳以為我是自願在眾目睽睽之下擺出那種姿勢的嗎！還不是你們家的六號……！」

沒有理會越吵越凶的兩人，我來到了一臉疑惑的恩格爾身後。

「嗯？這樣我就看不到六號先生的才藝了啊？」

看著我把這樣的發言當成耳邊風，並且把手放到拉鍊上，大概讓愛麗絲猜測到我打算做什麼了吧。

「喂，六號，你這個傢伙該不會……」

明明是仿生機器人卻露出略顯困惑的表情，而我在聽見愛麗絲的聲音的同時——！

「那我要開始表演嘍，老闆。這招是在我的故鄉流傳已久，可能足以稱為最有名的必殺才藝！」

「——武士頭！」

《惡行點數增加。》

自主規範

【宣戰聲明】

貴國的使者對於長年以來的友好國家採取高壓的對待，並對恩格爾王子做出的無禮之舉已經到了無法容忍的地步，我托利斯王國以此聲明文件告知，將對葛瑞斯王國開戰。

基於本件，將遣返大使，限制水精石出口，並且採取各種經濟制裁。

若是葛瑞斯王國有意謝罪，需將該兩名使者移送我國。

若是拒絕移送，我國將不辭對貴國行使武力，進行以血洗血的報復。

第三章

肉食系女子合成獸

1

葛瑞斯王國的謁見廳。

「……雪諾，把頭抬起來吧。」

「………………是的。」

大概是因為還沒有抓到國王陛下，坐在王位上的緹莉絲如此命令顫抖的雪諾。

順利從托利斯逃離……我是說回國之後，我們報告了事情的經過。

結果，雪諾因為不敢對上從剛才開始就掛著平靜笑容的緹莉絲的眼睛而跪地磕頭，整個人都快要貼到地上了。

見雪諾戰戰兢兢地抬起頭來察言觀色，我開了口：

「喂，雪諾，事情都已經過去了，我們也無可奈何啊。妳到底還要垂頭喪氣到什麼時候啊，該轉換心情了吧。」

「你這個傢伙、你這個傢伙、你這個傢伙啊啊啊啊啊啊啊——！」

聽見我的安慰，雪諾當場跳起來對我大吼。

——那個時候施展的必殺才藝暫停了所有參加派對的人的時間，並讓在場的騎士們變成了狂戰士。

多虧有機靈的愛麗絲抓了恩格爾當人質，我們才勉強成功離開城堡逃了回來……

「我還真沒想到，派雪諾出去當友好的使者，結果會是接到宣戰聲明呢。」

緹莉絲這麼說完對我們笑了一下，但是語氣平靜的她眼神當中一點笑意都沒有。

「緹莉絲殿下！不是的，我這邊的狀況已經進行到只差一步就可以攻陷恩格爾殿下了！我雪諾可是心想萬一被弄成無法騎上獨角獸的身體，托利斯就會對我國有所虧欠，我也可以享盡榮華富貴，所以使盡渾身解數想要騙到他……！」

「這、這樣啊。我是期待妳在某種程度上可以色誘他，沒想到妳的決心如此強烈……」

雪諾指著我，對有點退避三舍的緹莉絲控訴。

「但是，都怪這個男人！六號，你這個傢伙為什麼會做出那種蠢事啊！到底是發了什麼神經，才會把那種東西放到王子頭上啊！」

「什麼叫蠢事啊！那可是自古在我的國家流傳的傳奇宴會才藝。國家不同文化也就不同。這個世界如此遼闊，不要以為自己的常識就是一切。」

雖然嘴上這麼說，我還是有那麼一點覺得自己做錯事，為了表現反省之意而跪坐著。

「六、六號大人為什麼要表演那樣的宴會才藝呢……？」

「我因為一時心煩意亂就動手了。現在有在反省。」

「給我道歉得更有誠意一點！」

禍都已經闖下去也無法挽回了，她也差不多該放過我了吧。

「在宣戰聲明文當中，除了對恩格爾殿下的無禮行為之外，還提到了高壓的對待，這又是……」

原本看著宣戰聲明文的緹莉絲瞄了雪諾一眼。

「啊，那是這個傢伙！這個女人動不動就威脅那個大叔！而且她還對他們的外交官索取賄賂嗚咕……！」

「你、你這個傢伙！不是的，緹莉絲殿下，那與其說是高壓的對待，不如說是以武力為背景讓談判朝有利的方向發展……！而且索取賄賂更是沒有這回事，那只是試圖動搖對方藉以觀察對方的反應，是一種外交策略！」

雪諾一邊摀住我的嘴，一邊瞎掰起狗屁不通的藉口。

然而，緹莉絲坐在王位上俯視著這樣的雪諾，並且開了口。

「近衛騎士團隊長，雪諾。我要剝奪妳的騎士團隊長之位。職務則是維持現狀，繼續輔佐該小隊。」

「啊啊啊啊……都回到原本的地位了又被降級……」

沒有理會眼淚奪眶而出的雪諾，緹莉絲一邊嘆氣一邊說：

「真是的，你這樣做真的讓我很為難呢……六號大人，你到底打算怎麼處理呢？關於這次的事情完全是我國的錯。即使演變為戰爭，周邊國家應該也都會支持托利斯吧……」

「愛麗絲說，叫我們把托利斯和魔王軍簽訂了互不侵犯條約這件事對周邊國家大肆宣傳。然後以這件事為理由把他們打成人類公敵，反過來怒指他們說的事情我們都沒做過，是他們亂栽贓，用力指責他們就對了。」

緹莉絲的動作瞬間停住……

「……我自己的個性也不是好到有資格批評別人，但愛麗絲小姐也是半斤八兩。不過對周邊國家的說明就用這套說詞硬拗吧。畢竟他們和魔王軍之間的互不侵犯條約是事實……」

然後儘管有點倒彈還是接受了這個提議。

根據愛麗絲的推測，只要對周邊國家這麼說，我們應該不至於被完全當成壞人才對。

「托利斯也必須準備開戰，所以應該不至於立刻侵略過來吧。既然事情已經變成這樣也無可奈何了。我們就鞏固防線，因應來自魔王軍和托利斯的攻擊吧。」

或許是已經調適好心情了吧，緹莉絲認真的表情忽然鬆懈。

「可是這下傷腦筋了……這樣一來該如何確保水源呢……」

說著，她露出帶著憂愁的表情……

雪諾見狀，便把握住這個機會抬起頭來說。

「緹莉絲殿下，關於這件事我有個主意！聽說這個男人能夠請人從自己的國家送東西過來。既然如此，就請他從祖國送大量的水過來吧！如果這個方法能夠順利進行的話，屆時如果能夠讓我回到原本的地位的話就好了……」

「開什麼玩笑啊，要換到足以供一個國家使用的水妳知道得花掉多少點數嗎！再說，這應該要怪妳拖了半天還是沒能迷倒那個大叔吧！既然長處只有性感的肉體就給我做好最低限度的工作！」

聽我這麼說，雪諾的眉毛越豎越高……！

「給你三分顏色就開起染坊來啦，你這個男人，你以為是誰害我被降級的啊！」

「喔？怎樣？是不是想打架啊妳！老子很強喔！」

見我們開始扭打在一起，緹莉絲傻眼地嘆了口氣。

這時，和我以雙手互握的方式抓著對方的雪諾似乎赫然察覺到什麼。

「對了！緹莉絲殿下，仔細想想，那個降雨用的古代文物，現在是可以使用的狀態啊！現在還沒找到陛下，這種時候只好勞煩緹莉絲殿下了……！」

「可是這下傷腦筋了……這樣一來該如何確保水源呢……」

緹莉絲完全沒有理會雪諾的發言，重複了一次和剛才一樣的台詞。

依然和雪諾扭打在一起的我輕聲對她說：

（喂，雪諾，我負責抓住緹莉絲，妳去集合人群過來。這不是背叛緹莉絲，而是為了國家著想。把民眾集合到中庭，然後大肆宣揚說緹莉絲等一下要啟動古代文物的話……）

（原來如此，這樣殿下就只能硬著頭皮上了！說的對，這不是背叛而是救國之舉。緹莉絲殿下最後也一定會諒解……）

「我想到一個好主意了！」

緹莉絲以拔高的聲音大聲這麼說，打斷了我們的竊竊私語。

她看起來隱約顯得有點著急，不知道是不是我多心了。

「騎士雪諾，我要指派一項任務給妳。」

緹莉絲察覺到我的視線便收斂起表情，對著跪在地上，等待命令的雪諾說：

「沙之王的地盤是一塊不毛之地，泰藏沙漠。在這片沙漠的中央，不知為何有一塊茂密的林地，這件事妳知道吧？而妳應該也知道，那裡的樹上結的果實有何種功效才對。」

「是的！那種果實稱為水之實，儘管只有指尖大小，卻能夠搾取出足以裝滿一個游泳池的水……分……不、不好意思…………緹莉絲殿下？我想應該不至於，不過您該不會是要……」

面對臉色蒼白，微微顫抖的雪諾，一臉認真的緹莉絲斬釘截鐵地宣告：

「去摘回來。」

2

「我不要我不要我不要啦——！沙之王可是連魔王見到也會逃之夭夭的大魔獸耶！闖進那種傢伙的地盤根本是自殺行為！」

如此哭喊的蘿絲緊緊巴著城門，不肯就範。

「放心吧，蘿絲，我們又不是要去和沙之王戰鬥！而且，聽說那個傢伙只會在白天活動喔，我們只是趁晚上稍微去一下馬上就回來了！走嘛，回來我再請妳吃好吃的肉！」

「放手，我還不是被拖下水了，乖乖死心吧！雪諾都說要準備好吃的肉了，我也請妳吃罕見的甜點好了！糖球妳有沒有吃過，是糖球喔！而且上次的任務失敗是在場所有人的連帶責任！事到如今我也不會讓妳一個人落跑！」

儘管雪諾和我如此說服蘿絲，她還是用爪子緊緊抓住城門不放。

「請不要以為只要給我好吃的東西我就會乖乖聽話！而且還說什麼任務失敗的連帶責任啊，我明明就什麼也沒做好嗎！不過糖球是什麼東西！姑且先告訴我那是怎樣的甜點！」

眼角掛著淚珠的蘿絲其實好像還很氣定神閒，這時愛麗絲對著這樣的她拿出一樣東西。

「既然他們兩個要準備好吃的東西，我就給妳強化道具好了。妳看，妳知道這個到底是什麼東西嗎？」

或許是稍微產生了一點興趣，蘿絲的哭聲說停就停。

「……那是什麼？」

「這個東西叫作乾電池，說穿了就是電能的聚合物。來，妳吃吃看。這樣應該能夠讓妳噴出電流才對……」

「我才不要吃那種東西！那看起來分明就不是食物！」

蘿絲別過頭去，而我和雪諾互相使了個眼色之後……

「乖嘛乖嘛，挑食不是好習慣喔。來，我餵妳吃。吃下這個東西變強之後妳也不用怕沙之王了吧？好嘛，拜託妳啦蘿絲，乖乖張開嘴……」

「唔，這、這個傢伙居然有辦法抵抗我的戰鬥服的力量，真不簡單……！不過妳還是死心吧，從今天開始，妳就要改名叫怪人電流合成獸了……！」

「我去我去！我也去就是了不要讓我吃那個！」

——我們搭上越野車之後，由具備夜視功能的愛麗絲負責開車，在黑暗的夜色當中趕著夜路。

「嗚、嗚……回去之後，你們一定要給我吃好吃的肉和糖球喔……我不會忘記喔……」

哭哭啼啼的蘿絲身旁，傳出了嘟嘟噥噥的自言自語聲。

「不可原諒……不可原諒……無論是和我狀似親暱地聊了那麼久卻有未婚妻的哈梅爾，還是對我那麼溫柔卻已經有妻子的吉爾伯特，或是對著哭鬧個不停的我伸出友善的手說禮服會弄髒結果卻是同性戀的艾薩克，那個國家的男人我全都無法原諒……！」

沒有理會我們鬧出的騷動，老早就坐上越野車的格琳，似乎還對她在托利斯到處碰壁那件事耿耿於懷。

明明是她擅自喜歡上人家還這樣未免也太自我中心了一點，不過這種道理似乎無法套用在這個地雷女身上。

對了，這麼說來。

「吶，格琳，我問妳一下喔。」

我有件事情想問這個傢伙。

「怎樣啦，隊長，現在的我比魔王軍還要憤世嫉俗，比血腥刺蝟還要會刺人喔，你小心一點。要是你敢問無聊的問題我就詛咒你。」

「我想問的就是妳的詛咒啦，沒人要的傢伙……是、是我不好，說妳沒人要是我太過分了！不要握著人偶瞪我好嗎，超恐怖的！」

沒錯，我想問的是這個傢伙的詛咒。

上次去托利斯的時候，那位王子殿下的狀況很奇怪。

不對，正確說來不能說是奇怪，而是個性和事先聽到的評價完全相反，讓我非常介意。

而且，關於這一點，有件事讓我十分掛心。

「怎樣啦，該不會是想要叫我詛咒誰吧？真是太巧了，我正好也想要詛咒人呢。隊長，如何啊？這次任務結束之後，要不要和我來一次隨機詛咒約會啊？」

「誰要約那種會啊，隨機詛咒是什麼啦，妳該不會每次被人家甩掉的時候就隨便找人詛咒吧？」

我對抱著大腿歪頭看我的格琳說：

「我說，妳在托利斯城裡面對我施展了詛咒對吧？就是那個不舉的詛咒。妳那個詛咒，在妳要詛咒的對象也就是我躲過之後會怎樣？妳用來獻祭的戒指確實消失了對吧？」

「照理來說詛咒並不是躲得掉的招數就是了。比方說我詛咒魔王軍的幹部海涅的時候也是，那個女人是把魔像當成擋箭牌躲在後面。換句話說，如果有透過魔法灌注模擬生命的東西當成擋箭牌也就算了，正常來說除非詛咒碰上生物而發動……」

這時，原本還在回答我的問題的格琳說到這裡便停了下來，臉色慢慢變得越來越蒼白。

「那個詛咒上哪去了？」

「大概是出去玩了吧？」

見格琳別開視線，我一把抓住她的頭，輕聲在她耳邊說：

「妳聽過有關托利斯的王子殿下的流言蜚語吧？」

「我才不知道呢。我只有蘿絲一個朋友，怎麼可能聽得到八卦呢。」

我對隨口做出令人心情沉重的發言的格琳說：

「聽說那個大叔原本好色成性，對美女毫無抵抗力。雪諾聽了這個傳聞也卯足了勁，但是這次完全不被當成一回事…………」

聽我說到這裡，格琳微微笑了一下，同時輕輕把食指放在我的嘴唇上。

「吶，隊長。你不覺得『只屬於我們兩個的祕密』這句話很令人嚮往嗎？」

我撥開她的手。

「不覺得啦！喂，妳們快聽我說！這個女人超離譜的，她闖了一個超誇張的禍！」

「隊長慢著！又還沒確定是我的詛咒害的！說不定是其他理由啊！比方說那個大叔剛好身體狀況不好之類！或者雪諾一點魅力都沒有之類！」

「喂格琳，妳剛才說的話我可不能當作沒聽到！妳說我的魅力怎樣！」

那個大叔是被格琳的詛咒害得不舉了嗎！

「就連我也被嚇得倒彈了！雪諾的罪孽之深和貪念之重也不時讓我很倒彈，不過妳這個已經算是不應該做的事情了吧！」

「不、不如這樣想嘛！我可是守住了雪諾的貞操耶！沒錯，要是沒有我，雪諾早就把自己的身體當成保存期限將至的外帶熟食賤賣了！女孩子應該好好保重自己的身體才對！」

格琳開始找藉口硬拗。

「可是，妳之前明明自己露內褲給我看。」

「那、那個是……！因為，那個時候我以為隊長是優秀的對象嘛！這麼年輕就可以負責帶領一個小隊！沒想到，你竟然是個既不會管理金錢也升不了官的廢渣……」

…………

「再說，妳跟人家扯什麼女孩子要好好保重自己的身體啊……都已經不是女孩子的年紀了……」

「偉大的澤納利斯大人，請對這個男人降下災禍！讓他變成無法自慰的身體……」

「住手——！要是這個詛咒發動了我就叫妳用自己的身體負責！」

我連忙壓制住格琳，卻聽見旁邊傳來咯咯嬌笑的聲音。

我們接下來要去的是沙之王的地盤，在這種非常事態當中有什麼好笑的；我一邊這麼想一邊轉過頭去，結果看見的是笑得很開心的蘿絲。

「隊長。沙之王是很可怕，不過大家一起像這樣熱熱鬧鬧的我並不討厭。感覺好像要去野餐喔！」

這番天真的發言讓我和格琳頓時怒意全消，相視苦笑。

3

「吶，蘿絲。妳剛才說感覺很像是要去野餐對吧。真的嗎？看見這個妳還有辦法說出那種話來嗎！剛才說得那麼悠哉的就是這張嘴吧！」

「好痛好痛，對不擠對不擠！」

載著我們的越野車，被看似蟻獅的巨大生物的嘴鉗夾住了。

「喂，別幹蠢事了，快想辦法解決！這隻大怪物是什麼啊！」

車燈照亮了夜色，映出一隻噁心的蟲。

在傾斜的車身裡面，我抓著座椅，同時對拉扯蘿絲的臉頰的格琳如此呼喊。

「這個傢伙是巨型蟻獅！在泰藏沙漠築巢，捕食路過的生物的凶惡魔獸！這種敵人不應該由惹人憐愛又體弱多病的格琳小姐對付！應該說我最討厭蟲了！」

「好痛、好痛！」

格琳拉扯蘿絲的臉頰的手多用了幾分力。

「怎怎、怎麼辦啊，六號，要動手嗎？這個傢伙是很難纏的強敵喔！慘遭降級的我確實很想要戰功沒錯，可是……！」

「我也很想要戰功，但是不想對付這種東西！……對了，用殺蟲劑！請如月公司送強力殺蟻藥宰蟲小幫手過來，用那個對付這個傢伙……！」

在陷入慌亂的我試圖操縱傳送機的時候，愛麗絲一邊用力打著排檔一邊呼喊：

「你知道要用多少殺蟲劑才宰得掉這麼大隻的蟲嗎？你們抓好，我要催油門了。如月公司打造的車輛都相當高性能，才不會輸給這種螻蟻呢。」

或許是同為機械讓她感同身受吧，愛麗絲把越野車的引擎轉速催到最高，不斷加速。

身體被高速旋轉的輪胎不停削磨，讓巨大生物忍不住鬆開嘴鉗。

越野車踏著鬆散的沙子離開巢穴之後，車內的人都安心地鬆了口氣。

『吶，愛麗絲，大森林也好沙漠也罷，這個星球的危險生物會不會太多了啊？咱們那些幹部會想要這種土地嗎？還是趁早放棄這種地方回地球去吧。』

『無論是怎樣的荒地，土地就是土地。如果人口繼續以現在的速率增加下去，地球在十年以內就會沒有可以住人的土地了。危險生物可以驅除，荒涼的土地可以改良。我們沒有辦不到的事情。如月公司的科技可是非常厲害的，畢竟製造得出高性能的我嘛。』

或許是對於打造出自己的如月公司的科技懷有自信與自傲吧，愛麗絲斬釘截鐵地對用日語向她搭話的我這麼說。

聽我這個難得有所主張的搭檔這麼說……

『……這樣啊。說的也是。管牠是沙之王還是什麼，面對如月公司的力量都只是獵物。而且，只要那個傢伙不見了，我們的競爭對手也會安分下來對吧？既然如此，趁現在狩獵牠也不失為一個方法。如此一來還可以拿這個去邀功，逼他們交出部分土地來。』

『了不起啊，六號，你沒有忘記上級交代的命令呢。這個月內我們要增加如月公司的侵略地。我們目前領有的土地，就只有祕密基地那一小塊而已。在阿斯塔蒂大人開始生氣之前趕快達成績效吧。』

我和愛麗絲這麼說，嘴角露出奸詐的笑意。

——比地球的還要大的月亮靜靜照亮夜晚的沙漠。

多虧月光有足夠的亮度，我們輕易找到了要找的樹木。

離開越野車的我們，用力踏了踏腳底下的地面。

我試著用力跺地跺了好幾次，發現這附近的地面大概是因為有樹根在固定吧，堅固得像岩層一樣。

「真的有樹長在沙漠的正中央耶。好像沒長樹葉，是不是類似仙人掌的植物啊？」

「說不定這一帶有積存的地下水呢。你們開始採集果實吧。我來探勘地下。」

愛麗絲說完便開始探勘，而我也沒有多理會她，環顧了一下四周。

「這個星球不只動物奇妙，連植物都很神奇呢。這麼小的果實真的充滿了水分嗎？」

我摘下一顆樹上結的果實，仔細觀察了起來。

「好像是有魔力包裹，壓縮了那個果實的樣子。施加消除魔力的魔法再進行壓榨，就可以得到大量的水。只要摘光我們看得到的果實，就是足以取消我的降級的大功勞了！」

聽見雪諾興奮地這麼說，愛麗絲瞬間有了反應。

「出現了，魔力。每次聽見那個啟人疑竇的怪力亂神詞彙，就讓我感覺到自己的存在遭到否定似的，頗為不爽。」

「這個小不點還不相信魔法的存在嗎！妳明明就看過我施加詛咒不是嗎？不然妳解釋一下我當成代價的人偶還有戒指為什麼會消失啊！」

這兩個人動不動就為了魔法而吵架。

愛麗絲一副嫌麻煩的樣子，抬起頭來開始操縱傳送機。

不久之後，探勘地底用的工具出現在她的手上。

「妳看，工具從空無一物的地方變出來了。先告訴妳，這不是魔法。既然我也辦得到同樣的事情，格琳所謂的代價也就缺乏根據了。」

「等一下，你們經常變的那招不是魔法嗎！還有，我因為詛咒的代價變得無法穿鞋又要怎麼解釋！」

看來科學和怪力亂神就是這麼容不下彼此，不過現在有吸引魔獸過來的危險，真希望她們可以稍微安靜一點。

「我就說妳所謂的詛咒是催眠術了。所謂詛咒失敗的代價，也只是為了提升催眠術的功效的自我催眠。」

「妳這個小孩子怎麼這麼頑固啊！很好，既然妳都說成這樣了，我就對妳施加詛咒吧！親身經歷之後妳還有辦法說是催眠術的話就試試看好了！」

格琳緊握人偶，惡狠狠地瞪著愛麗絲，然而——

「喂，六號，你現在立刻抓住格琳。我要請如月公司送鞋子過來，然後強行套到她腳上去。我差不多開始覺得讓她用輪椅移動很麻煩了。我要證明世界上根本沒有她所謂的詛咒或是代價。」

「好，包在我身上。」

「不要啊啊啊啊啊！你們不是認真的吧，要是穿了鞋子我的身體會炸成稀巴爛喔！你們也不想看見那麼血腥的場景吧！看了會三天吃不下飯喔！」

真的假的啊，不管代價就會爆炸嗎？

「自爆可是壞人的浪漫呢。如果格琳真的爆炸了，我就承認妳是稱職的如月公司成員。到時候我會在妳的墳前供上如月公司的徽章。」

「隊長，快阻止這個孩子！雪諾！蘿絲！別顧著採果實了，快救我啊！」

在被我緊緊抓住的格琳如此哭喊時，愛麗絲開始操縱傳送機——

就在這個時候。

「唔喔！地、地震嗎！」

腳底下突然開始搖晃，讓我不禁鬆開格琳的束縛。

其他人也因為大地的搖晃而腳步不穩，蹲了下去，只有被我放開的格琳遠離了我們。

「看吧，這就是澤納利斯大人的天譴！因為你們對我做出無禮之舉，澤納利斯大人才搖晃大地顯神通！」

一臉踐樣的她挺起胸膛，指著愛麗絲這麼說……

然而愛麗絲既沒有理會格琳，也沒有理會地震，開始進行探勘地底的作業。

「這討人厭的小不點，再怎麼說未免都太隨興了！快點，乖乖說格琳姊姊對不起……」

就在格琳說到這裡的那個瞬間。

地面簡直就像是對她的大嗓門產生反應似的開始搖晃，四下陷入一片寂靜。

「……喂，你們幾個，現在立刻上車。嘴巴閉好，保持安靜。該撤退了。」

聽剛才還在探勘地底的愛麗絲這麼說，儘管心生不祥的預感，我還是乖乖照辦。

大家也察覺到事情非同小可，乖乖閉著嘴坐上車。

愛麗絲確認所有人都上了車之後，默默將越野車的油門催到底——！

『喂，愛麗絲，我已經受夠這個星球了，我想回去！』

『別說那種無情的話嘛，搭檔。你不覺得這個行星非常有意思嗎！』

感覺著地面搖晃的強度變得和剛才完全沒得比的同時，越野車一口氣加速。

「吶，地面隆起了耶，到底是怎麼了！」

「我們剛才待的地方是那個什麼沙之王的背上。探勘過這一帶之後，我發現剛才的區塊全部都是生物反應。」

在愛麗絲說明的時候，已經遠在後方的樹木大幅隆起，大量的沙子隨之滑落。

在夜色當中被月光照亮的，是背上長著樹木的巨大地鼠。

大小和體育館差不多的那隻地鼠，正是人稱沙之王的大魔獸。

「我還是第一次看到沙之王！原本就聽說牠很大隻，不過沒想到有這麼巨大……」

在蘿絲悠哉地述說感想的時候，雪諾仔細端詳著剛才摘到的果實。

「吶，六號。既然如此，這個果實就是沙之王的……」

「是用來儲存水分的器官吧。帶走那個真的沒問題嗎？」

像是在回答我的疑問似的，花了很多時間緩緩起身的沙之王轉過頭來，面向我們的越野車。

其實長得挺可愛的那隻地鼠不住抽動鼻子……

「六號，沙之王追來了！怎怎怎、怎麼辦！明明長得那麼巨大速度卻相當快啊！再這樣下去會被追上喔！」

然後以不像是巨大的身體該有的速度，朝著越野車追了過來。

「愛麗絲，沒辦法再快一點嗎！如月公司的科技不是很厲害嗎！不是沒有我們辦不到的事情嗎！」

「放心吧，六號，如月公司引以為傲的謝夫羅德（Save Load）大法是最強的。下次我們可以做得更好。」

「有辦法靠那招復活的只有妳好嗎！可惡，這下只好豁出去了，開戰啦！」

對付那麼大隻的傢伙，即使拿步槍也很難期待顯著的成效吧。

那就只有拿必殺的Ｒ鋸劍切開牠的要害了……！

「稍安勿躁，六號。等一下我會打口號，到時候你們所有人都跳到外面去。跳車之後就完全不要出聲。之後無論發生什麼事都不准動。」

做出這種奇怪的指示之後，愛麗絲解除門鎖，猛打方向盤，轉了一個大彎。

「出去！」

隨著愛麗絲的口號，我們跳到車外，在沙漠上翻滾。

原本以為沙之王會來攻擊我們，結果牠追的是轉彎往別的方向衝去的越野車。

越野車和沙之王逐漸遠去。

後來，想必是沙之王追上越野車發動攻擊了吧。

遙遠的後方傳出有東西爆炸的聲響——

「——來到這裡應該暫時可以放心了吧？」

越野車遭到沙之王破壞之後，我們徒步走向城鎮。

在燦爛的月光之下，沒有被沙子絆住腳，輕快地走在最前面的愛麗絲輕聲說了。

「目前牠好像不在附近。地鼠的視力不好，卻能夠靠聲音和震動來捕捉獵物。」

「可惡，徒步橫跨沙漠到底是哪門子的大冒險啊！越野車也被弄壞了，我可是花了很多點數在那個上面耶……」

距離我們被沙之王追趕的地點，已經走了好幾個小時了。

「喂，六號，你現在有多少點數？」

「現在只有十點。再叫總部送帳篷過來的話就全空了。雖然上個月降到負值，不過我一步一腳印地認真幹壞事，原本還一度存了不少的說……」

「認、認真幹壞事是哪一國話啊……」

一輛越野車差不多要花三百點。

最近的小規模戰鬥，加上前往托利斯的時候申請了移動用的越野車，把我存的點數用掉一大部分。

我是很想申請任何一種交通工具一口氣橫越沙漠，但是現在的點數不足以讓我那麼做。

「吶，蘿絲，回去之後他們會請妳吃肉和甜點對吧？那我請妳吃很多蔬菜好了。所以妳可以揹我嗎？夜晚的沙漠都是冰冷的沙子，對打赤腳的我而言很難捱。我的坐騎也放在房間了。」

「格琳為什麼要施加不能穿鞋的詛咒啊？就沒有更像樣一點的詛咒了嗎？」

格琳在我們後面央求蘿絲揹她。

「這件事要說明起來，可就說來話長了……是的，那是距今……年前的事情了……」

「妳剛才說距今幾年前我聽得不是很清楚……」

兩人的對話和平到一點也不像是不久之前才剛遭到沙之王攻擊，讓不知為何一臉凝重的雪諾苦笑了一下。

「逃跑的時候果實都掉了，能夠帶回去的就只有這唯一的一個……」

說著，她拎起小巧的果實。

「六號你看。我們從沙之王身上得到水，而且全都活了下來，一個人都沒少。這已經是相當充分的戰果了……你們也這麼覺得吧？」

雪諾舉起手，讓果實沐浴在這個行星特有的巨大月亮的月光當中，露出開心的笑容。

在雪諾如此帶動之下，因為成功逃離沙之王的安心感使然，不知不覺間笑意也蔓延到大家的臉上。

在遠離地球的星球上，走在夜晚的沙漠裡——

「……是啊！」

我也不禁露出苦笑。

4

【橫跨沙漠第一天】

在沙漠的陽光照耀之下，我們拖著沉重的腳步前進。

「好熱！」

昨晚才說了那種把氣氛營造得很不錯的話，雪諾這已經不知道是第幾次開口咒罵了。

「吵死了，大家都很熱好不好！聽到別人喊熱更會覺得熱到受不了！」

夢幻般的夜晚過去，曝曬在炎熱的太陽底下的我們，和昨晚截然不同，瀰漫著不和的氛圍。

「你的模樣才讓人覺得熱！把你那身烏漆墨黑的鎧甲脫掉好嗎！光是看見就讓人熱到受不了！」

「這個有體溫調節功能啦！雖然身處沙漠的正中央，但光是穿著這個就比較好過了！」

我身上穿的戰鬥服，是無論在白天的沙漠還是酷寒的極地都能夠露宿的好東西。

大概是因為好幾年沒進廠維修導致內建冷氣機的狀況不是很好，不過應該還是比其他人好過多了吧。

「啥……！你也太奸詐了，把鎧甲交出來，就算只有上半身也好！」

「這是配合我的體型打造的，給妳也沒意義啦！別說這種廢話了，如果妳真的那麼熱的話不會脫光啊！」

我們就像這樣在泰藏沙漠的正中央吵起這種沒營養的事情。

「你們兩位，吵架只會害自己口渴還有餓肚子喔！走吧，我想一定剩沒多遠了，我們一起加油吧！」

揹著明明還是橫跨沙漠的第一天卻已經渾身虛脫，動也不動的格琳，蘿絲以開朗的聲音對這樣的我們如此大喊。

「妳看，蘿絲明明年紀最小卻那麼安分，學學人家好嗎！這裡面最吵的就是妳了！」

「幾分鐘之前還是格琳最吵好嗎！」

身為邪神的信徒又像是半個不死者的格琳似乎對太陽沒什麼抵抗力，在強烈的的陽光底下被曬成人乾，很快就不行了。

我們現在為她戴上兜帽避免被曬得更乾，不過還是希望可以快點讓她復活。

「不過值得慶幸的是，在沙漠裡還不需要為水煩惱。我本身是不需要水，但是你們不喝水會死掉。雖然只有唯一的一個，不過能夠採到這個神祕果實真是太好了。」

走在最前面的愛麗絲一邊開心地這麼說，一邊把玩著手上的樹果。

而雪諾一臉不解地望著這樣的她說：

「我是聽了有關愛麗絲的說明沒錯，不過妳還真的是魔像啊。只用看的實在看不出和人類有什麼兩樣……」

「正確說來我也並非魔像。不過當成類似的東西就行了。」

現在，我們交給內建體內地圖的愛麗絲帶我們回城鎮，同時更由她負責管理水分。

如果沒有這個傢伙，我們大概會在沙漠的正中央迷失方向，曝屍荒野吧。

和那個馬上變成人乾的傢伙不同，我這個搭檔不時就會展現可靠之處。

「先別管水，我比較想要吃的東西……」

「……是啊。最糟糕的狀況，也只能吃接下來遇見的魔獸了。野外求生對戰鬥員而言是基礎中的基礎。這是為了活下去，不准妳們說什麼吃不下去。下次遇見的魔獸就是食物！聽懂了沒！」

聽了我不容拒絕的發言，大家都格外順從地點了頭。

【橫跨沙漠第二天】

「不行不行不行，不行啦！妳看這塊，頭還連在上面！應該說人形的真的不行啦！」

「下次遇見的魔獸就是食物，這句話是隊長說的吧！請不要挑食，不乖乖吃東西的話會死掉喔！」

「平常莫名地強勢，卻只有在這種時候特別窩囊！蘿絲，把這個傢伙的嘴巴扳開。我要把食物硬塞進去！」

在夜晚的沙漠正中央，鍋子裡正在煮的是半獸人。

「我不要吃半獸人！這些傢伙和我們甚至聽得懂彼此在說什麼耶！」

在我抵抗著蘿絲的怪力時，雪諾對我露出安撫似的笑容。

「關於這個你可以放心。不同於講共通語的魔王軍旗下的半獸人，野生的半獸人只會說蠻族語。我們聽不懂彼此在說什麼，所以你可以安心吃。」

不對，我不是這個意思！

「救命啊，愛麗絲！這些傢伙要逼我吃半獸人！」

「放心吧，我調查過成分了，這是優良的蛋白質。而且也沒有毒，不成問題。」

我的意思是有智慧的生物我吃不下去！

「你這個傢伙在我們常去的酒吧明明吃的都是更誇張的東西啊。事到如今才為了區區的半獸人而害怕是怎樣！」

「就是說啊，連我都會退避三舍的那些東西隊長不也大吃特吃嗎！事到如今半獸人根本不算什麼！」

咦？

「等一下喔，我平常吃的都是什麼？就連蘿絲都怕的東西是什麼啊。」

我不禁如此反問，這時雪諾把半獸人湊到我嘴邊。

「來，我親自餵你吃。啊——……」

「等一下啦，半獸人真的不行！啊啊啊啊，至少不要挑頭換成肩膀肉吧啊啊啊啊！」

【橫跨沙漠第三天】

我們改變了計畫，白天搭帳棚躲太陽，在寒冷的夜晚行軍。

然後現在，我們正在躲避直曬的日光。

「喂，六號，再這樣下去有很多事情都會不太妙。所以我要拜託你一件事情。」

「妳說說看。」

在熱到爆炸的帳篷裡，愛麗絲一臉認真地說了。

「幫個忙把雪諾的內褲脫下來。」

「妳沒頭沒腦的說什麼啊！愛麗絲，妳振作一點！在這些人當中妳是唯一可靠的耶！」

面對愛麗絲突如其來的發言。

「我知道了搭檔。我來實現妳的期望。」

「實現個鬼！喂，你那隻手在幹嘛，不准靠過來！愛麗絲，妳是熱到故障了嗎！」

「隊長，在這種非常時期你打算做什麼啊！愛麗絲小姐也請不要胡鬧了！」

遭到雪諾和蘿絲抗議，愛麗絲還是不改認真的表情。

「聽好了，你們仔細聽清楚。六號只要做出惡行，就可以得到相應的點數。然後，只要有那個點數……」

「「「啊！」」」

這麼說來確實是這樣，為什麼我沒有發現這種事情啊？

惡行並不需要拘泥於在鎮上做，這裡也有個很好的目標。

我面對雪諾，帶著認真的表情斬釘截鐵地說：

「我想妳應該很熱吧，我幫妳脫掉。」

「去死啦。」

我心想即使來硬的也要脫掉，而雪諾也拔出劍來嚴加戒備。

「帳棚裡面這麼窄，請不要亂來！夠了，隊長和雪諾小姐都冷靜一點！這種方法還是等到真的走上絕境的時候再用吧！」

在蘿絲拚命制止之下，場面總算是得到了控制……

「我覺得現在的狀況就已經算是走上絕境了吧……而且，我和雪諾都已經是可以揉奶脫內褲的關係了才對。」

「吵死了，你閉嘴！再說，要是真的事態變成那樣的話，要挑犧牲者也不應該只有我，而是用猜拳的！蘿絲，妳當然也得參加！」

「咦咦！」

沒有理會我們的爭論，愛麗絲招了招手，示意要我過去。

「……？」

不明就裡的我靠了過去，只見愛麗絲豎起拇指，指向躺著的格琳的裙子。

…………

《惡行點數增加。》

「六號，你這個傢伙！……這、這種事就連我看了也會退避三舍耶……！」

「隊、隊長……你太差勁了……」

「不、不對……！不是啦，這是愛麗絲叫我……！」

雪諾她們冰冷的視線，刺痛著掀了裙子的我。

【橫跨沙漠第四天】

夜晚的沙漠幾乎遇不到魔獸。

雖然開始沒東西吃了，不過半獸人我還是不行。

原本打算掀格琳的裙子多賺一些點數，但是對沒有呼吸的女人惡作劇似乎無法稱為惡行，而是會被算成陰險又卑鄙的行為。

這讓我懷疑遠在地球的阿斯塔蒂大人是不是在哪裡監視著我們這邊的狀況。

我也無可奈何，只好掀醒著的人的裙子了。

【橫跨沙漠第五天】

今天也沒有遇見魔獸。

雪諾看著我的時候一臉有話想說的樣子。

蘿絲則是以不同的眼神看著我。

不對，蘿絲不只看我，也會不時偷瞄動也不動的格琳。

怎樣啦，有話想說就趕快說啊。

話說回來肚子已經餓到受不了了。

我覺得現在我應該吃得下半獸人了。

我想起之前即使點數會變成負值也能夠申請物資所以試了一下，結果沒有反應。

上次明明就可以預支，現在是怎樣啊？

我感覺到這當中真的有阿斯塔蒂大人的惡意。

回地球之後拿她當目標來賺惡行點數好了。

【橫跨沙漠第六天】

雪諾開口問我要不要掀格琳的裙子。

她一邊說現在是緊急時刻所以默許這種行為，一邊緩緩看向帳篷外面。

這個傢伙出賣了格琳。

我告訴她掀睡著的人的裙子這種程度的事情已經增加不了點數，結果她又開口說掀裙子的話她還可以忍受。

我試著掀了雪諾的裙子，點數果然沒有增加。

我想起本人不覺得厭惡就不會被當成惡行這件事，脫口說出妳被掀裙子是不是很開心，結果發展到差點就要互相廝殺了。

餓著肚子的時候心裡的殺氣就會越來越重，真傷腦筋。

最傷腦筋的是蘿絲最近不會阻止我們吵架了。

反而是只要我們開始吵架，她就會用有所期待的眼神看著我。

應該說我記得好像在哪裡看過那種眼神。

對了，沒記錯的話，那應該是眾所皆知的肉食系女子，怪人蜘蛛女小姐看我的眼神。

我曾經聽說過，在身處極限狀態的時候，人類的生存本能會受到刺激，為了留下子孫而導致性慾高漲。

這樣啊，蘿絲的眼神那麼危險是因為慾火焚身啊，妳放心，我也一樣。

應該說帳篷生活真的很難受，沒有自己的房間真的很難受。

我試著掀了格琳的裙子。

果然還是加不了點數。

這個系統到底是怎樣啊？

應該說，我也聽說過增加惡行點數的計算法會受到情緒的影響。

難不成是因為現在是非常情況所以不行嗎？

沒記錯的話，在嚴重到攸關性命的緊急狀態之下，犯罪行為也不再算是犯罪，總覺得好像有聽過類似的說法。

沒錯，像是在雪山上受困之類的狀況。

這樣啊，掀格琳的裙子這種行為已經連犯罪都不算了是吧。

最近就算我掀裙子也沒有人會說話了。

雪諾甚至偶爾還會問我「怎樣？」，確認點數有沒有增加。

我好像也沒有資格說這種話，不過妳們這樣真的可以嗎？

【橫跨沙漠第七天】

天色漸漸變暗，行軍的時間差不多要到了。

同時我們的極限也逐漸逼近。

唯一活力十足的愛麗絲表示，再過幾天就會抵達城鎮了。

但是，就算她這麼說，我也快要不行了。

肚子好餓，想吃東西，想喝透心涼的啤酒，想要私人空間，即使只有五分鐘也好，我想獨處。

邊走邊想著這些事情的時候，我發現蘿絲在啃自己的尾巴。

她說這樣可以稍微紓解一下空腹感，就像肚子餓的小朋友會吸手指一樣。

想到這個傢伙過去有多窮害我有點心酸，不過我問她那條像蜥蜴的尾巴切斷了會不會再長回來時，她倒是一臉認真地煩惱了起來。

應該說，我有可以調節體溫的戰鬥服所以沒關係。

蘿絲本人也說過，她對氣溫冷熱的適應力很強。

愛麗絲當然沒問題。

有個傢伙已經沒救了，不過愛麗絲已經在她身上噴了防腐劑，所以我想當成沒問題。

如此一來，有問題還是只有雪諾。

我下定決心，對著眼神不太妙的雪諾開口——

5

「事態緊急，我要扒光妳。」

「好吧。我也快要撐不下去了，放馬過來。」

大概也已經處於極限狀態了吧，雙眼發直的這個傢伙拔出劍，擺出毫無破綻的架勢。

或許是因為空腹換來了敏銳的五感，她散發出前所未有的強敵氣焰。

「聽好雪諾，妳仔細聽清楚了。再這樣下去大家會一起送命。只要妳在這個時候稍微忍耐一下任我惡作劇，妳就可以靠我得到的惡行點數填飽肚子而開心，我也可以在各種層面變得很開心。如何，這樣大家都開心，我覺得這對我們雙方而言都是一筆很好的交易。」

「即使我的腦袋處於極限狀態，也知道你在騙我。」

儘管嘴上這麼說，雪諾的臉上還是隱約浮現出內心糾結的表情。

「妳也不想死吧？難道妳不想吃飯吃到飽嗎？」

然而對我這番誘惑的呢喃有了反應的卻是蘿絲。

「我想吃到飽！」

「剛才那番話不是在對妳說……如何，雪諾？現在答應的話不只食物，我保證再附送稀有的道具給妳。妳想想，之前妳不是說過嗎？說妳知道哪裡可以變賣魔道具。妳很缺錢吧？只要稍微忍耐一下下，妳甚至還可以付劍的貸款喔。」

「啊嗚嗚嗚嗚……」

雪諾正在嚴重糾結，這時仔細清理跑進散彈槍裡的沙子的愛麗絲說：

「事到如今還在煩惱什麼啊？妳之前不是都已經滿心想著要賣身給那個叫恩格爾的大叔了嗎？」

「那個時候我是被富裕國家的所有財產沖昏了頭，精神不太正常！而且在那個場合如果發生了什麼事，對方真的會負責。但是這個狀況……」

一臉有話想說的雪諾瞄了我一眼。

「我討厭負責這兩個字。」

「人家難得想幫你說服她結果你現在是怎樣啊，混帳東西。」

聽著愛麗絲口出惡言的同時，我再次面對雪諾擺好架勢——

這時雪諾似乎終於超越極限了，突然倒下。

「嗚、喂，真的假的！光是格琳一個就已經夠累贅了，這種時候連妳也倒下的話要怎麼搬啊！」

「嗚嗚……我、我已經……不行了……」

惡劣的環境導致睡眠不足再加上空腹，似乎已經讓她連站著的力氣都不剩了。

「喂，六號，現在正是大好機會。趁她還有意識的時候快上快上。」

「不、不是吧，再怎麼說這樣還是不太好吧……」

感覺應該會有人說剛才還想對人家出手的傢伙現在在說什麼，不過我覺得對虛弱到動不了的女人出手是不應該跨越的界線。

就在這個時候。

「隊長，我……已經忍不住了……」

不知道是不是被沙漠的熱氣沖昏頭了，紅著臉，呼吸急促的蘿絲喃喃這麼說。

「蘿、蘿絲？等等，還沒這麼快輪到妳。這種事情應該由負責賣肉，論個性也讓人覺得對她再怎麼壞都不太會感到良心不安的雪諾先……」

聽見蘿絲出乎意料的發言，照理來說應該讓人高興才對，我卻感到困惑。

如果說這種話的是格琳或雪諾的話，我就不會有所動搖了吧……

「可是，我再也忍不下去了……！」

看見蘿絲像是在忍耐什麼似的苦悶表情，我的理智便出外旅行去了。

沒錯，現在我們雙方都處於極限狀態。

從剛才開始愛麗絲就興致勃勃地看著我們，還是請她稍微離開帳篷一下好了。

「我明白了，不好意思啊，害妳丟臉。因為事出突然，讓我亂了頭寸。」

「什麼害我丟臉，隊長別說這種話……我也知道這是不應該跨越的最後一道界線，這個我十分清楚。可是……！」

這樣啊。

說的也是……

我們是同一個小隊的同伴。

其中沒有男女關係，是將性命交給彼此的夥伴。

跨越了這道界線會對今後的任務造成不良影響。

一開始肯定是每次見到面都會覺得尷尬吧。

但是……！

「蘿絲，現在是非常事態，妳別太自責了。而且說起來這只是本能。在極限狀態之下，會這樣並不奇怪。」

沒錯，這是在面臨死亡時性慾會隨之高漲的生存本能。

和熬夜之後那話兒會莫名有精神是一樣的現象。

聽我這麼說，蘿絲像是要說給自己聽，想藉此說服自己似的複誦。

「本能……面臨非常事態、會這樣並不奇怪……」

「沒錯，這是人類的三大欲求之一！忍耐不了也不是罪過！」

我斬釘截鐵地這麼說完，露出看開一切的笑容。

「好，我也覺得心情好像輕鬆多了！現在的狀況就是這樣，這也是無可奈何的事情！」

「沒錯，無可奈何！真要說的話，唯一的問題就只有這是基於雙方合意了。」

沒錯，既然是合意就不會產生惡行點數了。

「？基於合意有什麼不對嗎？」

「沒、沒有，被妳問得這麼直接，害我都開始覺得沒有什麼不對了……好吧，知道妳那麼想要我，老實說我很開心就是了。瞧妳長得一臉乖巧的樣子，原來是肉食系啊。」

聽我低聲這麼說，蘿絲紅了臉。

「隊、隊長討厭肉食系嗎？」

「不，我反而非常歡迎。話雖如此，為了拯救大家，我可不能就這樣乖乖被妳吃掉。沒錯，重要的是所謂的必然性。」

她不稍微擺出一點厭惡的樣子，就不會產生惡行點數了。

聽我這麼說，蘿絲用力點頭。

「是的，這就是所謂的自然法則。沒關係，這樣我的罪惡感也會比較輕一點。隊長也請認真抵抗喔。」

「還說什麼罪惡感……咦，是怎樣？現在是我要被動嗎？沒有，我不討厭這樣，不如說還非常喜歡就是了……」

見蘿絲表現得比平常還要積極，反而是我感到困惑。

不，我都讓年紀比我小的蘿絲說成這樣了，怎麼可以在這種時候退縮呢？

「而且，我一直都很想和隊長盡全力來一次。我想我們彼此大概也只有在這種時候才能認真起來，請不要客氣！」

「可以盡全力嗎！我本來還以為應該溫柔一點的，不過既然妳都這麼說了……」

要我將過於旺盛的慾望全力發洩在這樣一個少女身上讓我相當不安……

不過我也是個男人，既然蘿絲都說成這樣了，我也該回應她的決心。

「我知道了，不然，至少讓我用濕毛巾擦一下身體。」

這是最低限度的禮貌。

「對不起，隊長，我已經忍不下去了……！而且，隊長現在這個樣子就已經很好了喔。

該怎麼說呢……我之前就一直覺得，隊長聞起來非常香……」

「聞、聞起來很香啊，妳今天真的很積極耶！如果妳可以的話我是無所謂啦，但是這樣

口味不會有點太特殊了嗎！」

這樣一個年紀比我小的少女的發言，動不動就讓我臉頰發燙，心跳加速。

算了，走到這一步之後只要做下去就對了。

我看向在一旁看好戲的愛麗絲，用眼神表示要她識相一點……

「我想問蘿絲和六號，你們接下來打算做什麼？」

「攻擊她啊，吃掉她啊！」

「沒錯，我要吃掉隊長！」

說出類似的台詞，我們兩個都紅了臉。

而愛麗絲對這樣的我們表示：

「如果我猜得沒錯的話，你們兩個的對話乍聽之下搭得起來，但其實差得離譜喔。」

她的眼神還是一副在看好戲的樣子。

「接下來我要和蘿絲做色色的事情啊。」

「接下來我要和隊長互毆啊。」

……

「妳在說什麼啊？互毆是怎樣，一開始就要挑戰那種行家玩法嗎？」

「我才想問隊長呢，我們是要依照自然界的生存競爭法則，由贏家吃掉輸家吧。」

…………

「所謂的吃掉，是指兩性方面的那種意思對吧？」

「是指食慾方面的那種意思喔。」

…………………

「開什麼玩笑啊，妳剛才說的可不是鬧著玩的！就連一直以來不知道見過多少瘋狂怪人的我都要退避三舍了！」

「幹嘛突然這樣啊，隊長剛才明明說這是三大欲求之一，所以忍耐不了也無可奈何的不是嗎！」

「我是說了！我的確是說了那句話沒錯！」

但我指的不是那個意思，食慾也是三大欲求之一沒錯，但我說的不是那個！

或許已經忍耐到極限了吧，蘿絲的眼神變得危險到不行。

「隊長，面臨非常事態，現在不是自責的時候了。」

「這句話我剛才確實也說過沒錯，但不是這樣！過不了幾天就會抵達城鎮了，只要再稍微忍耐一下就好了！」

這個行星的人連半獸人這種智慧生物都敢吃。

換句話說，這就表示……

蘿絲紅著臉，忸忸怩怩地對我說：

「我再也忍不下去了……隊長說不討厭肉食系，這真的讓我很開心……」

「用字遣詞好困難啊，這就是文化的差異嗎！」

我知道的肉食系女子不是這個意思！

我以盡可能不刺激蘿絲的方式，緩緩後退到帳篷的入口。

而蘿絲以捕食者的眼神看著這樣的我，同時說：

「隊長聞起來真的好香……」

「情境真的很重要呢，明明說的話和剛才一樣，我現在心臟不斷狂跳的原因卻和剛才完全不一樣！」

聽了我這番話，臉頰微微泛紅的蘿絲說：

「隊長，你知道吊橋效應這回事嗎？那可能是戀愛的感覺喔……」

「是啊，這個心跳加速的感覺可能是戀愛呢！好吧我知道了，放馬過來吧！我也豁出去了，老子可不是省油的燈！」

邪惡組織的戰鬥員哪能被這種小不點嚇到！

「爺爺曾經說過！人只要談戀愛，就會想要和喜歡的人合而為一……」

「妳爺爺說得很對，但是妳的解釋很有問題！」

在我一邊吐嘈一邊擺出架勢時。

「那麼，再來就讓你們兩個年輕人慢慢享受吧。」

愛麗絲一邊對我這麼說一邊離開帳篷，而我目送她的背影之後——

「這場戰鬥，一定是在我們出生之前就注定的宿命……葛瑞斯王國游擊隊，戰鬥合成獸蘿絲！準備上陣！」

「祕密結社如月的職員，戰鬥員六號！我決定用妳來賺點數了！」

在遙遠星球的沙漠當中，帳棚裡的熱烈夜晚就此開始——！

《惡行點數大量增加。》

「——哦！六號，該高興了。就在前面嘍。」

「…………………」

愛麗絲開心地這麼叫我，而我沒有回應，只是重重嘆了一口氣。

坐在新送來的越野車的副駕駛座上，我說：

『吶，愛麗絲。我想回地球了。』

『你在說什麼啊，你昨天晚上玩得很開心吧。託你的福，連新的越野車都有了，這是該高興的事情啊。』

…………………

『玩得很開心？妳說我玩得很開心！白痴，我又沒有跨越最後一道界線，頂多只能算是性騷擾吧！』

『以性騷擾而言賺到的點數還挺多的嘛。幹得好。以後你就定期和蘿絲交手吧。』

昨晚我和完全失常的蘿絲戰鬥，並且在過程當中靠各種方式得到了大量的點數。

我用戰鬥中得到的點數趁隙請總部送食物過來，然後餵食蘿絲成功讓她失去戰鬥能力，

不過……

『戰鬥合成獸好可怕。這個傢伙可以和認真起來的我打得平分秋色耶。』

『那真是太有意思了。調查這個星球所謂的古代遺跡的必要性越來越高了呢。』

我轉過頭去，看著三個翻著白眼的女人昏死在後座。

該怎麼說呢，我已經完全看不出任何魅力還是什麼的了。

『話說回來，緹莉絲的委託不能說是成功吧。我們拿到的神祕果實也在途中消耗掉相當多水分。而且我想把這個果實送回去如月公司好好研究。如果這個東西的異常的吸水性能夠應用到別的地方，想必大有可為。』

『這麼說來，我都忘記有任務這回事了……』

正當我想著今後的事情想到厭煩時，葛瑞絲的街景終於出現在前方了。

不過看起來好像不太對勁。

感覺簡直像是之前魔王軍攻打過來的時候似的——

6

「托利斯和魔王軍聯手，展開進攻的行動了。」

我和愛麗絲一回到鎮上就被帶到緹莉絲面前，聽到的第一句話就是這個。

看來我們在沙漠遇難的這段時間內，他們已經完成了戰爭的準備。

「原來如此，所以妳想借用我的力量是吧？戰鬥是身為戰鬥員的我的本分。不過，我六號大爺的本領可不便宜喔。」

「托利斯之所以變成我們的敵人的原因是你自己，六號大人該不會忘了吧？」

斜眼看著我的緹莉絲對我這麼說，不過——

「我這個男人不會緬懷過去。以前的事情我怎麼會記得呢。」

「太厲害了六號，那差不多是上個星期的事情耶。」

在我對愛麗絲的吐嘈充耳不聞時，緹莉絲一臉傷腦筋地對這樣的我嘆了口氣。

「事情都已經變成這樣了也無可奈何。不過，我要請六號大人負起責任。」

「我討厭負責這兩個字。」

「你真的是個渣到令人無話可說的混帳呢。再鬧下去事情就永遠講不完了，別插嘴。」

儘管太陽穴不住跳動，緹莉絲還是耐著性子繼續說了下去。

「現在，多虧有來自如月公司的派遣戰鬥員，戰力方面我們不在魔王軍之下。但是既然托利斯成了我們的敵人，進入長期抗戰我們必定會戰敗。畢竟有水資源的問題……」

「所以說只要緹莉絲在民眾面前……」

「我已經接獲報告，說農業所需的水之實採集任務失敗了！再這樣下去我國將面臨危機！我們會全力搜索父王陛下，同時也想交代六號大人一項任務！」

緹莉絲打斷了我的發言，拿出一張地圖。

「這是原本預定在前往托利斯的護衛任務成功之際交給你們的報酬，也就是遺跡的地圖。聽說目前有兩名魔王軍幹部正在調查這個遺跡是嗎……？」

這麼說來最後不了了之，不過海涅和羅素之所以出現在托利斯的理由好像是這樣。

「是啊，據說好像有強大的古代武器沉睡在裡面。他們還說什麼要用那個東西打倒沙之王。」

聽我這麼說，緹莉絲點了一下頭。

「我想請你們兩位前往那個遺跡。」

「……換句話說，妳是要我們阻止他們得到古代武器嘍。」

雖然還不知道是怎樣的武器，不過海涅他們相當有信心。

就這樣讓那種東西落入敵人手中確實有點不是滋味……

就在這個時候。

『喂，六號，這件事情一定要答應。否則狀況會很不妙。』

『妳會說成這樣還真是難得啊。怎麼？妳在提防那個什麼古代武器嗎？』

儘管對愛麗絲突然開始說日語感到驚訝，緹莉絲還是默默觀望著什麼都沒說。

『托利斯有個神祕的玻璃艙對吧？而且裡面還是空的。在這樣的狀況下，突然出現了一個對古代遺跡，和知道很多關於那個玻璃艙事情的魔王軍幹部。如何，你想到什麼了嗎？』

愛麗絲的語氣顯得格外認真，讓我緊張得吞了口水。

『……也就是說，古代遺跡裡面有很多那種玻璃艙，正在量產美少女型人造人……？』

『最好是啦……我認為對遺跡莫名了解的那個叫羅素的小鬼，原本可能待在那個玻璃艙裡面。你打算敲打玻璃艙的時候，他不是非常生氣嗎？感覺就像是眼看重要的東西要被敲壞了，才連忙過來阻止的樣子。』

這麼說來是有那麼回事。

『那個傢伙可能和蘿絲一樣，是古代製造的戰鬥合成獸。而且還是確實擁有過去記憶的狀態。然後，那個傢伙還說，只要有古代武器就能夠打倒沙之王……戰鬥合成獸蘿絲可以和你打得不分上下。推測可能和她擁有同等力量的傢伙，要是得到那麼危險的武器……』

『我們的生意就不用做了！』

聽了愛麗絲的說明，我總算搞清楚狀況了。

如月公司的戰鬥員能夠和魔王軍戰得平分秋色，是因為有現代武器這項優勢。

如果對方也配備了高科技武器，狀況確實會變得很不妙，現在我搞懂了。

大概是從我的吶喊和表情判斷我們做出結論了，緹莉絲說：

「我不知道兩位在談什麼，不過看來是談妥了吧。」

「是啊。看來這件事情對於我們而言也不能置身事外。我去幫妳把那個武器破壞到不成原形。」

說完，我點頭回應了緹莉絲，她的表情便鬆懈了下來。

「這件事情就麻煩兩位了。期待你們可以在缺水問題無法挽回之前解決這個任務……」

「缺水的問題，只要緹莉絲願意協助的話立刻就可以解決了吧。」

沒錯，只要她願意在民眾面前大喊那個詞彙的話……

「非常抱歉，都怪我的能力不足……不過，以我的魔力和魔法適性，頂多瞬間召喚出水之精靈就已經是極限了。所以，真是太遺憾了……」

「不是喔，我期待的不是妳用魔法協助喔，只要緹莉絲在大家面前大喊就可以了喔。」

緹莉絲沒有理會我說的話。

「那麼，六號大人、愛麗絲大人！破壞古代武器的任務，請兩位務必成功達成！」

「喂，妳剛才不是叫我負責，那緹莉絲也應該負起身為王族的責任吧，只要大喊一聲就可以解決了啊。」

正當我如此追究別開視線的緹莉絲時。

「不，先別破壞。難得有那麼一樣武器，乾脆收為己用吧。」

邪惡組織的仿生機器人提出這個非常合理的建議。

7

回到祕密基地的我們，向虎男報告了事情經過。

「事情就是這樣，虎男先生，防衛這個國家的工作就交給你了。我們要去入侵托利斯的遺跡。」

「好吧，不過只有你們去也太奸詐了吧，我也比較想出那個任務喵……」

在祕密基地當中準備的號稱會議室的房間裡，虎男百般無聊地對我們這麼說。

潛入古代遺跡，由我們搶走競業對手也想要的武器。

然後運用那個武器順勢占領托利斯，這就是愛麗絲所擬定的作戰計畫。

目前，不同於早已攻進葛瑞斯王國的魔王軍，托利斯進軍的方式似乎相當謹慎。

如果那個什麼古代武器落入敵人手中，現狀會變得更糟糕。

要不是隊上的那些傢伙都半死不活的，我還真想立刻出發。

這時，愛麗絲拿出地圖。

「托利斯的遺跡在這個位置。我們跟蹤已經在調查遺跡的羅素他們，在遺跡裡面讓他們先走。遺跡裡面可能有防衛裝置或是陷阱，由他們來解除那類的東西。然後在抵達最深處的時候襲擊他們，從旁搶奪武器。」

「「這招好耶。」」

我和虎男先生的聲音不禁共鳴。

儘管因為戰鬥和解除陷阱而疲憊不堪，他們還是到了終點，找到想要的東西，而我們就趁他們鬆懈下來，掉以輕心的時候發動攻擊。

了不起的作戰計畫，簡直就是邪惡組織的楷模。

「虎男先生，你語尾的喵不見了喔。」

「現在只有你們兩個人在，沒關係啦。話說回來，要在遺跡裡面跟蹤別人，對體型龐大的我而言相當困難。沒辦法了，這次我就看家喵。」

在虎男這麼說完開始搖尾巴的時候，愛麗絲在地圖上放了一顆石頭。

「虎男的工作也不輕鬆喔。你要擋住據信將從這裡進攻過來的魔王軍。要是這裡被攻破了，托利斯軍恐怕也會跟著一口氣攻進來。如果搶奪作戰順利成功，就可以用武器當材料進行名為威脅的談判，但失敗的話最後就會演變成對付兩個國家的決戰。這項行動責任重大，不過就交給你了。」

「這個埋伏地點是森林嘛。我可是叢林之王虎男喔，要在森林裡打防衛戰，我閉著眼睛都能贏喵。」

「虎男先生果然厲害。就算喵來喵去的也是噁心又帥氣。」

怪人變色龍男和虎男。

論性癖和人格的話他們都很那個，不過論叢林戰的話這兩人是如月公司的兩大王牌。

愛麗絲看向我和虎男。

「好。那我們就再跑一趟托利斯吧。畢竟魔王軍的幹部就在他們那邊。托利斯王國內部可能還在為準備戰爭而兵荒馬亂，但那兩個幹部應該很想趕快完成調查遺跡的工作才對。」

說著，她握起拳頭，高高舉起。

「我們是邪惡組織。咱們要善加利用那兩個傢伙，然後在最重要的一刻橫刀奪愛！」

「「喔——！」」

振作氣勢如此吶喊的我們將拳頭碰在一起。

【中間報告】

因為瑣碎的文化差異，我們與鄰國進入戰爭狀態。
在日本廣受大眾接受的宴會才藝，在嚴肅的國家似乎會被當成惡習。
說到文化差異，這個星球的肉食系女子，行動力遠比地球的要強上許多。
險些被對方吃掉的我沒有因為一時的氣氛而隨波逐流，成功避免了超友誼關係。
如果不是我，恐怕就會被吃掉了吧。
基於此例，我提議今後至少在遇難等等的緊急情況下可以免費傳送水和食物。
此事攸關性命，靜候佳音。

報告者　肉食系女子最愛的戰鬥員六號

最終章 強大的搭檔與聰明的搭檔

1

隔天。

化為三具死屍的隊員們復活了，於是我向她們說明了緹莉絲交代的新任務，然而……

「嗚……嗚……嗚咽……嗚咽…………」

我們目前坐在愛麗絲駕駛的新越野車裡面，奔馳在黃昏時分的荒野當中，準備再次前往托利斯。

在車上聽完說明的蘿絲，帶著略顯傻眼的表情對我說：

「才剛對王子殿下做出那種事情又要立刻前往托利斯是吧，其實我偶爾會覺得隊長挺愚蠢的呢。」

「妳這個傢伙還不是一臉乖巧偶爾卻很毒舌。而且還是肉食系。」

副駕駛座上坐的是雪諾，剩下的我們都在後座。

上次因為越野車的速度而嗨到最高點的格琳，或許是長時間處於人乾狀態對她的腦袋造成不良影響了，只見她抱著膝蓋坐在座椅上，望著遠方，嘴裡唸唸有詞。

然後……

「嗚……嗚……嗚咽————…………工資……我的薪水啊……」

「喂，六號，這個傢伙從剛才開始就一直哭哭啼啼有夠煩的，你想辦法處理一下。」

坐在副駕駛座上的雪諾，從剛才開始就一直哭個不停。

由於水之實採集任務失敗，她好像繼上次的降級之後又被宣告減薪了。

「真是的……喂，雪諾，薪水都已經被降了，妳也無能為力吧？吶，妳看看我。我可是拿到薪水之後就會在當週全部花完的人耶。即使如此我還是活得挺開心的，所以人生真的不是只有錢。」

「你能活得那麼開心是因為有我給你零用錢。」

「你、你這個傢伙，居然還要愛麗絲這麼一個小孩子給你零用錢啊……你這樣還能算是人嗎……」

我明明在安慰她，不知為何卻淪落到被譴責的下場。

「不，就算是這樣，這次的減薪還是很痛。痛到不行……嗚嗚，之前被魔王軍幹部海涅熔燬的冰結劍，我原本還想買第二代回來的說……」

雪諾再次開始以淚洗面，於是愛麗絲心不甘情不願地說：

「真拿妳沒辦法。喂，雪諾，這次的任務妳如果派上用場，我就給妳零用錢。此外，如果能得到沉睡在遺跡裡的某種東西，再給妳薪水三個月份的獎金。這樣如何？」

「愛麗絲大小姐啊啊啊啊啊啊！」

我覺得好像知道該怎麼對付這個傢伙了。

明明在開車，卻被雪諾巴住的愛麗絲一臉厭惡地推開她。

「這次的目的是暗中潛入。在遺跡裡妳可別拿出平常沒耐性的一面喔。」

「我知道了，愛麗絲大小姐！我雪諾必定會派上用場！」

不久之前還出言貶低說我不能算是人的雪諾，現在一副要翻臉不認帳的樣子。

「吶，妳這個女人到底可以多貪婪啊？上輩子到底是做了怎樣的壞事才會走上這樣的道路啊？要過怎樣的人生才能變成像妳這樣啊？」

「少囉嗦，拿愛麗絲大小姐的零用錢的你沒資格說我。錢這種東西比任何事物都還要重要。為了錢，無論是同事還是朋友，甚至是素未謀面的父母，我都可以割捨。」

「不好意思，我要插嘴打斷妳的爛人發言，不准再叫我愛麗絲大小姐了。」

這個貪婪女應該比我還要適合進如月公司吧。

我決定不要再和她牽扯下去，便看向在我身旁啃著肉乾的肉食系合成獸。

「話說回來，蘿絲。妳真的不記得在沙漠發生過什麼事情了嗎？」

「隊長，你又要問這個了啊？我已經說過好幾次了，我不記得。我只記得自己餓到快要昏倒，然後醒來之後就已經躺在城堡裡的床上了。而且我怎麼可能襲擊隊長啊，再怎麼說，我會吃入口的頂多就是半獸人了喔。」

沒錯，這傢伙表示她不記得自己打算攻擊我。

我在這傢伙醒來之後訓斥了她一頓，要她為打算捕食我（物理）這件事道歉，然而……

「應該說如果隊長說的是真的，就表示你有對我怎樣對吧？所以隊長到底做了什麼？」

「…………不記得的話就算了。總之，我算是有點賺到吧。」

「隊長，你到底對我做了什麼！我不會生氣喔，請告訴我！視情況可能要請你負責！」

蘿絲雙手抓住我的肩膀，用力搖晃。

「我最討厭的兩個字……」

「就是負責對吧，大爛人！我自己也搞不太清楚是怎麼回事，但不知為何只有這句話記得很清楚！」

這個傢伙專記這種不需要記得的事情。

『吶，愛麗絲，這個傢伙真的沒問題嗎？我可不想在執行任務的途中被咬。』

『檢查結果沒有任何異常。不過合成獸那種神祕生物和人類不同，所以我也不敢保證就是了。反正別讓她餓肚子就沒問題了吧，要記得餵食她喔。』

愛麗絲說得很輕鬆，但是差點被吃掉的我還是很提心吊膽。

這時，因為我和愛麗絲開始用日語對話，雪諾把臉湊了過來。

「……我之前就這麼覺得了，你們開始用那種母語對話的時候，都是在策劃可疑的事情對吧？吶，六號，別看我這樣，不像那些腦袋死板的騎士，我是個無論善惡都能夠兼容並蓄的女人。所以，無論你們在策劃什麼，只要不是背叛緹莉絲殿下的行為我都可以協助喔。」

這個傢伙沒頭沒腦的在說什麼啊……正當我還感到狐疑的時候，雪諾也不知道誤會了什麼，搖了搖頭說：

「我知道，你不用明說！身為騎士這樣真的可以嗎？這樣還算是前近衛騎士團的隊長嗎？受到民眾尊敬的女騎士雪諾真的可以這樣嗎？你一定是這麼覺得吧。」

「並不是。」

我忍不住吐嘈，但雪諾並不氣餒，握起拳頭略嫌浮誇地說：

「但是，我是真正的愛國者！只要是為了讓葛瑞斯王國更加繁榮，我既不管其他國家會怎樣，更不介意做壞事弄髒自己的手。所以六號、愛麗絲，你們儘管告訴我。你們說是要去調查我們正在前往的遺跡，不過真正的企圖到底是什麼？說嘛，也讓我參一腳吧。放心，我不會叫你們讓我抽成。只要稍微有點分紅給我拿就可以了。」

有所誤會的雪諾的眼神完全染上了慾望，臉上浮現了笑意。

「沉睡在托利斯的遺跡裡面的到底是什麼？你們說拿到某種東西就會有獎金，所以那個東西到底是什麼？如果是財寶的話，你們要是想接收其中的一部分作為經費，我也不是不願意睜一隻眼閉一隻眼喔。」

這個女人以為我們的目標是寶藏，所以才問我們要不要私吞一部分是吧。

『吶，愛麗絲，要不要叫這個傢伙加入如月公司啊？我覺得她很有成為邪惡組織的戰鬥員的素質耶。』

『我從雪諾身上感覺到的氣息與其說是邪惡，不如說是類似你這樣的小奸小惡。就是那種過度貪心導致失敗，越陷越深的類型。』

見我們再次開始用日語對話，不知道又誤會了什麼的雪諾露出笑盈盈的表情。

在魔王軍襲擊城堡的時候拚命對抗敵人，為了蘿絲和格琳低頭求我的那個重視榮譽又愛護同伴的女騎士不知道上哪去了。

接吻之後笑得羞赧，說願意積極考慮和我交往，做出與年紀相仿反應的那個美女到底上哪去了……

「如何，決定了嗎？放心吧，如果要找地方變賣來路不明的寶物的話我還有一些門路。貧民窟有間店專門處理那種東西。嘿、嘿嘿……如何，這對我們雙方而言應該都沒有壞處吧……？」

我望著露出黑心笑容的女人，決定當作那時的雪諾已經死了。

「姑且告訴妳，沉睡在遺跡裡面的不是寶藏喔。聽說是某種不明武器。」

「呵呵，何必那麼提防我呢。六號，我們的交情不只這樣吧？我們都已經是接吻過的關係了，多信任我一點也沒關係吧？」

嘴上叫我信任她，但是一點都不打算相信我說的真話的雪諾在我耳邊這麼說。

……這個傢伙也很難搞啊！

2

之後不知道過了多久。

我們在沙漠裡遭受狀似蟻獅的魔獸襲擊之後記取了教訓，即使太陽已經完全西沉，愛麗絲還是沒有打開越野車的車燈，繼續趕著夜路。

具備夜視功能的仿生機器人在這種時候真的有夠方便。

這時，盯著黑暗開車的愛麗絲忽然瞇起眼睛，輕聲這麼說：

「我們應該來到那個什麼遺跡的附近了才對，不過前面有燈火呢。那該不會是我們的競業對手在野營吧。」

聽愛麗絲這麼說，我看了過去，遠處確實是有微弱的燈火。

我們緩緩放慢速度靠了過去，終於在燈火照耀之下，巨大的建築物浮現在黑暗之中——

「……好大啊。」

大小和東京巨蛋差不多。

和這個世界的文化對照之下，是一棟造型相當突兀的建築物。

我不禁驚叫出聲，愛麗絲則是欽佩地說：

「這樣看來，那個什麼古代文明的也不容小覷呢。喂，六號，那可是有能力建造出這麼雄偉的建築物的文明。說不定留在裡面的古代武器也很值得期待。」

「然後，那個古代武器就會失控，開始攻擊打算得到它的我們對吧？這種的發展我看多了，接下來會怎樣我都知道啦。」

我們原地停好越野車以免被對方發現，然後開始討論接下來該怎麼行動。

「可以的話我想趁晚上完成調查遺跡的任務。否則你們可就別指望我擁有的強大力量所帶來的恩惠喔。」

大概是因為日落而完全復活了，夜行性的格琳興奮地這麼說。

「我不是像愛麗絲那樣的否定派，不過我不記得妳的怪力亂神能力最近有派上用場耶。妳真的有機會可以表現嗎？」

「等、等一下！我可是大司教格琳小姐耶，碰上危機的時候就乖乖依賴我好嗎！」

格琳最近完全變成累贅了，真希望她可以稍微展現一點優點出來。

這時，雪諾看著遠方的野營燈火開口說：

「好，那麼關於我們接下來的行動……他們再怎麼樣也不會想到，我們在逃離托利斯之後會立刻再次折返吧。所以了，接下來我要提議的作戰計畫有點卑鄙。」

說著，雪諾露出黑心的笑容。

「我想他們應該相當鬆懈才對。畢竟這裡是托利斯王國的境內，需要警戒頂多只有不具備智慧的魔獸。所以，我們不要去調查遺跡，乾脆趁著黑暗的夜色將他們……！」

「雪諾小姐，妳最近是不是受隊長毒害太深了啊？」

「吶，雪諾，不像我和蘿絲，妳確實是個騎士吧？即使要對付的是敵人，趁對方睡覺的時候偷襲感覺還是不太妥當……」

信心十足地提議卻被蘿絲和格琳打槍，讓雪諾在黑暗中輕輕抖了一下。

「我、我也無可奈何啊，我們要對付的是兩個魔王軍幹部耶！吶，六號！愛麗絲！你們應該懂吧？應該知道這個計畫可行對吧！回想一下，你們不也會攻擊無力抵抗的補給部隊，用亂七八糟的方法攻略達斯特之塔，說起來應該算是和我的提議同一掛的吧？對吧？你們贊成我的提議對吧！」

雪諾為了拉攏我們而拚命喊話，但是……

「喂，雪諾，妳以為我是誰啊？如月公司的戰鬥員怎麼做得出那種令人不屑的事情。」

「不愧是六號，說的好啊。這樣才算是如月公司的戰鬥員。」

沒有想到我們會背叛的雪諾驚訝得瞪大了眼睛。

「慢、慢著！我是最近和你們一起行動，理解了你們的方針，才配合提出這種……！」

見雪諾拚命解釋，我只能攤手搖頭。

「妳聽見了嗎，愛麗絲，她說那是在配合我們耶。真是的，她未免把如月公司看得太扁了吧。」

「就是說啊。喂，六號，趁現在跟她說清楚講明白。」

我對著被貶得一無是處，眼中逐漸浮現淚光的雪諾說：

「今晚我們要在這裡休息到早上，然後在後面跟蹤他們。路上的陷阱或是保全設施之類的都交給那些傢伙解決。在他們疲憊不堪地抵達終點，高興到毫無戒心的時候就襲擊他們。我都已經策劃到這種程度了，哪能用妳那種只有夜襲的令人不屑一顧的計畫湊合啊。」

「不愧是六號，說的好啊。這樣才算是如月公司的戰鬥員。」

我和愛麗絲對著彼此點頭，然後決定不要理會開始大哭大鬧的雪諾，倒頭睡覺。

3

隔天早上。

「喂，六號，你要睡到什麼時候！快醒來！他們已經不見人影了，看來已經進遺跡去了！」

睡在車上的我，因為雪諾的叫罵聲而睜開眼睛。

「怎樣啦——大清早的不要那麼大聲啦——……跟蹤的時候要慢人家一拍，這樣比較不容易被發現有人在後面好嗎……」

「管你那麼多，快醒來！要是遺跡裡的財寶先被他們搶走了怎麼辦！」

都已經說過我們在找的不是什麼財寶了，這個傢伙還是一點都沒有聽進去。

在一大早就亢奮到不行的雪諾的催促之下，我們迅速吃完早餐，開始跟蹤海涅他們。

遺跡的門原本應該被封印起來，不過大概是被羅素他們打開了吧，就這麼維持著敞開的狀態。

我從入口偷偷往裡面到處看，發現地板上積了一層厚厚的塵埃，訴說著這個遺跡長久以來都處於封印狀態的事實。

「愛麗絲，妳看。其他地方明明一直都是奇幻風格，就只有這裡充滿了科幻感。」

沒錯，遺跡內部依然到處亮著燈光，以神祕材質打造的牆壁和通道醞釀出賽博龐克的氛圍。

「這個星球的文明水準果然有落差。過去曾經有發達的文明之後卻崩潰了，這應該是最合理的想法了吧。尤其是……」

說到這裡，愛麗絲不經意地看向蘿絲，所以我也一樣看了過去。

「怎、怎麼了嗎？為什麼要看我！」

原來如此。

「這個傢伙本身就是不合理的生物嘛。」

「就是這麼回事。這個星球的生態系有很多奇怪的地方，但蘿絲更是奇怪到了極點。」

「我不知道你們在說什麼，不過這樣太失禮了吧！」

我對大吵大鬧的蘿絲豎起食指，要她閉嘴。

然後我彎下腰，用下巴指著留在地上的腳印。

「妳們看，灰塵積得這麼厚，要跟蹤他們應該很簡單吧。對了……喂，雪諾。」

「嗯？怎麼，有什麼事，叫我幹嘛？」

我對著被我叫過來的雪諾說：

「脫掉。」

「你以為現在還在沙漠裡受困是吧。好，在砍海涅之前我要先砍了你。」

雪諾因為我截頭去尾說重點而瞬間暴怒到最高點。

「我是叫妳脫掉那身喀嚓喀嚓響個不停的鎧甲。妳真的是來跟蹤人的嗎？」

「嗚……沒、沒辦法，你們等我一下。」

沒有理會在遺跡的角落開始脫鎧甲的雪諾，我來到大概是因為太陽已經升起而顯得昏昏沉沉的格琳身旁。

「好，妳也給我下來。」

「你在說什麼啊，隊長！難道你要嬌弱的我的腳底沾滿灰塵嗎！」

大概是在表示抗議吧，格琳不住活動腳趾，同時一點一點向後滑動輪椅。

「正常人哪會坐輪椅探索遺跡啊。要是有樓梯的話妳想怎麼辦，快點下來！」

「啊啊啊啊！在沙漠裡燙傷腳底之後，我就決定再也不要離開這個孩子了！」

我硬是把鬧脾氣的格琳拖了下來，讓她用自己的腳走路。

而愛麗絲看著這樣的我們，皺起眉頭。

「喂，你們兩個白痴保持安靜，要是被發現了怎麼辦。準備好了之後，我們還得在那些傢伙抵達終點之前追上他們……蘿絲，妳怎麼了？」

聽愛麗絲這麼說，我看了過去，只見蘿絲看頭往遺跡裡面四處張望，不時歪頭。

「不，沒什麼……只是，這個遺跡和我被發現的地方應該不一樣才對，我卻隱隱約約覺得好像對牆壁的形狀還有花紋之類的有印象……」

這個遺跡的封印應該一直到最近都未曾被解開才是。

但既然她本人都說對這裡的外牆有印象了，看來還是應該將蘿絲認定為古代文明的產物比較好吧……

就在這個時候。

我還沉浸在古代文明的遺產這個充滿浪漫的詞彙當中，卻聽見雪諾咬牙切齒的聲音。

「唔……！拆、拆不下來……！」

「雪諾小姐，妳在做什麼啊！不可以拆照明設備啦！」

大概是覺得可以換錢吧，雪諾試圖將嵌在外牆上的的燈具拆掉。

那個女人到底打算墮落到什麼程度才甘心啊？

「……喂，愛麗絲，我看還是把那個傢伙丟在這裡比較好吧？」

「……可是我都已經說過如果她派上用場的話就要給她獎金了……」

4

遺跡內部基本上只有一條路。

路上還有許多小房間，而我們路過的房間裡面有某種殘骸躺在地上。

『喂，愛麗絲，我說這個東西，怎麼看都是機器人對吧。』

『隨時間舊化的狀況非常嚴重，不過是機器人沒錯。』

大概是負責保全工作的機器人吧。

殘骸簡直就像路標一樣一路往遺跡深處排過去，讓我們的探索工作輕鬆到不行……

「慢著六號，像這個傢伙帶回去應該也可以賣個好價錢……！」

「夠了喔，該走了，要是追不上他們怎麼辦！那種東西等到事情全部解決之後再回來撿不就行了！」

應該輕鬆到不行才對的探索工作，卻因為雪諾的貪念而寸步難行。

看來她發現地上的殘骸有某種價值了吧。

「喂，愛麗絲，妳也說她幾句吧！只要妳拿不給獎金這句話來威脅她……」

「太有趣了，這傢伙的動力來源到底是怎樣……嗯？怎麼了六號，嘴巴張成那樣看起來很蠢喔。」

……妳也來這套喔。

我一看才發現連愛麗絲也對殘骸產生了興趣，到處動手動腳。

這時，蘿絲待在動也不動的機器人殘骸旁邊，不住歪頭。

「怎麼了，連妳也對那個東西感到好奇了嗎？」

「……沒有，並不是那回事。只是，我總覺得自己好像和這些孩子們玩過……」

蘿絲一邊喃喃說出這種耐人尋味的台詞，一邊把手放在機器人的胸口，就在這個時候。

陰暗的前方傳來聽起來像是說話聲的聲音，並且瞬間亮起一陣紅光。

我們互看了一眼，對著彼此點頭，接著便避免發出聲響謹慎地前進……

終於在走了一段路之後。

海涅與羅素佇立在化為殘骸的警衛機器人前面的身影出現在前方——

「——來到這裡費了不少工夫，不過感覺終點大概快到了吧。羅素，你消耗掉的魔力應該也不少，不休息一下嗎？」

「我還不需要休息沒關係。戰鬥合成獸的魔力無窮無盡。只要還有食物，我可以施展水魔法一整天。」

海涅和羅素毫無防範地在我們的視線前方聊得很起勁。

他們大概剛打倒警衛機器人吧。

或許是海涅的火焰魔法把附近的溫度弄得很高，我的額頭開始滲出汗水。

話說回來，那個傢伙剛才提了戰鬥合成獸對吧。

愛麗絲猜測他和這個遺跡有關係，看來八九不離十了。

「那我們趕快攻略完這裡吧。我已經對野營感到厭煩了。真想盡快離開這種毛骨悚然的地方，回魔王城好好睡一覺。」

「對我而言這裡和故鄉沒兩樣就是了……不過這也沒辦法，畢竟海涅是適應了現代環境的魔族。」

羅素不時就會提到令人在意的字眼，不過現在最重要的是跟蹤他們兩個。

我向大家使了眼色，之後便為了在最棒的時機襲擊他們而繼續偷偷摸摸地跟在後面——

「——海涅，有新的守護者從那邊的往這邊過來了！這邊交給我！另外一邊就拜託妳了！」

「包在我身上，看我用火焰燒光他們！不過再怎麼說數量也太多了吧！」

不愧是魔王軍的幹部。

兩人無驚無險地持續葬送警衛機器人，不斷往深處前進。

「——唔，是陷阱！你沒事吧，羅素，有沒有受傷！」

「有海涅及時掩護我所以沒事，倒是妳自己受傷了！我幫妳治療，讓我看看傷口！」

有時因為觸動陷阱而受傷。

「這不過是一點小擦傷而已，如果羅素死了才是大問題。打倒沙之王是魔族的夙願，而能夠實現這個夙願的只有你一個。」

「海涅……說的也是，也為了大家，在達成這項使命之前我可不能死……」

「說什麼傻話啊，就算你達成使命了我也不會讓你死的。你還是個孩子，保護孩童是大人的職責。」

有時確認彼此的同伴情誼。

「又把我當成小孩子！沒關係，等著瞧好了，等到海涅陷入危機的時候，就輪到我保護妳了。」

「啊哈哈，那還真是令人期待啊。等著看你表現嘍！」

我們一邊看著他們開心的互動……

（嘿嘿嘿……那些傢伙什麼都不知道，竟如此疏忽大意。真期待抵達終點的時候會是什麼狀況！）

一邊非常輕鬆愉快地跟在後面。

（……喂，六號，像這樣看見他們有多麼努力，讓我開始猶豫要不要搶走寶藏了……）

（事到如今妳說這是什麼話啊，對方可是魔王軍的幹部耶。從他們手上搶奪目標物才是正義之舉。快捨棄妳無謂的良心！）

在我回應雪諾的耳語時，海涅他們依然在前進。

（更重要的是格琳，妳有辦法在這個距離偷偷詛咒他們嗎？那兩個傢伙似乎都是魔法師型的，下次警衛機器人出現的時候，妳就對他們施展暫時無法使用魔法的詛咒如何，肯定可以讓他們陷入苦戰吧？）

（要詛咒人的時候，必須以一定的聲量發出話語才有功效。不過這招相當不錯呢，找到機會的話我試試看。）

（隊長，我已經開始覺得於心不忍了……）

正當我在和格琳討論襲擊的方式時，或許是因為相當在意疑似同族的羅素，從剛才開始就非常安靜的蘿絲冒出這麼一句話來。

（蘿絲，該有所覺悟了。這次作戰關乎國家的命運。我們只許成功不許失敗，現在只能用力忍住。回去之後我再請妳吃好吃的東西吃到飽就是了。）

（我之前就這麼覺得了，但隊長是不是以為只要給我吃東西，我就會乖乖聽你的任何吩咐啊？雖然這次我會聽話啦！）

在我用食物誆騙蘿絲的時候，海涅他們的戰鬥似乎結束了。

像這樣從旁觀察更可以清楚看出那些傢伙有多強。

可以的話我還是想避免和他們正面衝突。

——後來，不知道前進了多遠。

走在前面的海涅他們忽然停下腳步。

「看來這裡就是終點了……」

通過好幾個小房間之後，海涅他們最後抵達的是一個寬廣的大房間。

房間中央有個巨大的玻璃艙，裡面躺了一個巨大的物體。

即使身在遠處也能夠一眼看出來。

那是一架巨大的機器人。

望著玻璃艙裡的機器人出了神的海涅，過了好一會兒才赫然回神，以開朗的聲音表示：

「這就是能夠對抗沙之王的王牌嗎？未免也大到太離譜了吧……！」

羅素回應了海涅的話語：

「是啊。原本這個傢伙是用來驅除在地表繁殖的猴子們用的武器。用這個驅除了沙之王以後，還可以讓令人厭煩的人類絕跡。」

來到這裡應該已經可以了吧。

我和愛麗絲彼此點頭，然後向其他人打暗號。

而海涅並沒有發現我們的動作，試著安撫羅素。

「又說那種話了……你就那麼痛恨人類嗎？」

「是啊，恨透了。而且那也是製造我的創造主的心願。海涅不痛恨那些傢伙嗎？我聽說妳好幾次都被整得很淒慘。」

對於羅素的問題，海涅露出苦笑。

「我的確是吃了不少苦頭，不過這是戰爭，要是動不動就對那個傢伙懷恨在心，無論過了多久戰爭都不會結束……不，我還是很痛恨他。唯有那個男人我一定要設法解決掉。」

「這、這樣啊。妳說的那個男人就是我們在托利斯遇見的那個傢伙對吧？有機會的話，我會把最後一擊讓給妳的。」

在兩人如此互動的時候，我偷偷繞到背後。

「也罷，只要啟動這個傢伙，戰爭就會告一段落吧。那麼羅素，我很期待你的表現。」

「包在我身上……嗯，狀態很不錯，看起來也沒有任何故障。照這個情況看來……」

然後默不作聲地拉近距離……！

「納命來————————！」

「呼喔！」

從毫無戒心的羅素背後對準他的胯下往上一踢。

5

「魔王軍幹部的水之羅素被我幹掉啦啊啊啊啊啊！」

「羅素──────！」

羅素跪倒在地上，讓海涅見狀發出悲痛的尖叫。

拉近距離的我們直接把海涅圍住。

「混帳，乖乖把雙手舉起來！」

「六六、六號！你為什麼會出現在這種地方……！」

還沒從混亂當中恢復正常的海涅被我和愛麗絲用槍抵著，言聽計從地把手舉了起來。

「很遺憾的，這個巨大武器由我們接收了。如果妳胡亂抵抗的話，我們不會攻擊妳，而是倒在那裡的小鬼頭會先遭殃喔。」

「「「哇啊……」」」

我明明把作戰計畫都說清楚講明白了，不知為何部下們卻各個退避三舍。

聽了我的發言，海涅似乎開始理解狀況了，表情慢慢顯示出驚訝。

「你你、你這個傢伙！不對等一下，難不成你們一直跟在我們後面嗎！然後到了最後關頭才跳出來收割最重要的部分！」

「喔，虧妳想得通啊。就是這樣，我們跟著你們開出來的路走得怡然自得呢。」

「太過分了吧！這樣太奸詐了！你連什麼事該做，什麼事不該做都不知道嗎……！」

海涅眼泛淚光，開始為時已晚的抗議。

不，就算妳這麼說，我們可是邪惡組織耶……

而且既然惡行點數沒有增加，就表示剛才那並不算是多了不起的壞事。

「那種小細節無所謂啦。妳就乖乖當我們的俘虜吧……話說回來，海涅小姐啊？妳剛才說『不，我還是很痛恨他。唯有那個男人我一定要設法解決掉』對吧，指的到底是誰啊？」

「噫──！那那、那並不是在說你喔……」

即使被我像這樣不停碎唸，海涅還是關心地不住偷瞄依然倒在地上的羅素。

對了對了，這個小孩也知道很多事情。

我得叫醒這個傢伙打聽情報才行。

「喂，愛麗絲，妳去從那個小鬼頭口中釣出各種情報。」

「包在我身上……呃，喂。」

愛麗絲原本即刻回應了我，卻在羅素身邊蹲了下去。

「這個傢伙沒氣了。剛才那腳是爆擊呢，你真行啊，六號。」

「羅素──！」

海涅因為愛麗絲的發言而大叫。

「咦，真的假的！嗚、喂，這樣不太妙吧，小、小鬼，醒醒啊！愛麗絲，妳有辦法處理這個傢伙嗎！」

「我姑且打個強心針試試，不過要是沒用的話就得放棄了喔。」

在除了我和愛麗絲以外的人都退避三舍的狀況之下，大概是因為治療有效吧，羅素總算重新開始呼吸。

「嗚……到底發生什麼事了……？」

「嗨，早啊。清醒了吧？你剛才被我一招打成瀕臨死亡的重傷。不過因為勝負已分，好心的我們特地治療了你。」

我就近看著臉色依然蒼白的羅素，如此說明事情的經過。

（喂，那個男人居然那樣說耶。明明就是偷襲人家又慌慌張張地治療人家。）

（還擅自認定勝負已分……）

（似乎就連澤納利斯大人都覺得倒彈呢。吶，我們今後繼續跟著隊長真的沒問題嗎？）

在閒雜人等交頭接耳說個不停的時候，四處張望的羅素開了口：

「……原來如此，我被你偷襲了啊。然後，為了搶奪這個武器，你在等我復活是吧。」

「就是這麼回事。慢著，你可別動歪腦筋喔。要是你有什麼奇怪的舉動，我就瞄準那個機器連同你一起攻擊。」

「身為魔族的我說這種話好像也不太對，不過做人像你這樣真的可以嗎？」

海涅不知道在叫囂什麼，不過現在重要的是巨大武器。

「你先把這個東西打開吧。之後就遵照我們的指示，教我們該如何操縱這個巨大的傢伙。」

（雪諾小姐，我覺得自己好像變成了大壞蛋似的，沒辦法再看下去了。）

（別、別對我說啊……這是在報效國家，沒錯，是在報效國家……）

（吶，雪諾，妳看著我的眼睛再說一次。）

我假裝沒聽到閒雜人等刺耳的交頭接耳聲，專心聽羅素的說明。

「啟動方法很簡單。只要是這個設施的內部人員，其實任何人都可以啟動。」

乖乖打開了玻璃艙的羅素如此表示，老實到出乎意料。

大概是我強力的攻擊讓他差點失去性命，所以他嚇到了吧。

「所以，具體來說要怎樣啟動它？」

「就像這樣。」

像是在回答我的疑問似的，羅素瞬間發出光芒，整個人突然消失……！

「喂，六號，剛才那是怎樣！水之羅素被吸進去裡面了耶！」

在雪諾慌張地放聲大喊的時候，我敲壞了機器。

然而，收納在裡面的機器人有如脈搏跳動般不斷閃爍……！

「可惡，這個狀況看來已經太遲了……！」

「六號，總之先離開再說！放棄回收這個傢伙，改成破壞吧！」

聽見愛麗絲的警告，我迅速後退，同時一隻巨大的手從蓋子敞開的玻璃艙裡伸了出來。

光是伸出來的那隻手臂，就大到足以捏爛成年人了。

那個武器是我們在和英雄們戰鬥的時候看過好幾次的東西。

沒錯，從玻璃艙裡起身的，是人形的巨大機器人。

「不准動————！」

我舉著槍，對著站起來的巨大機器人放聲大喊。

一開始羅素看起來似乎不打算理會我的動作，但在看見我舉著的槍口之後停止了動作。

這個傢伙應該不知道槍械是什麼東西，不過看見現在正被我的槍口抵著的海涅的反應，似乎察覺到這是危險物品了吧。

「六、六號，那不是人應該做的事情吧……」

退避三舍的雪諾如此低語，但老實說現在根本顧不了那麼多。

我將高舉雙手的海涅推到前面當成人質給羅素看，同時用槍口抵著她的背。

不過到底是為什麼呢？我總覺得不只敵人對此反感，就連同伴也是。

這時，被槍抵著的海涅重重嘆了口氣。

然後……

「羅素，剩下的事情交給你可以嗎？」

「可以，只要有這個就可以輕鬆取勝了。妳先回去等我吧。」

聽見兩人的對話，我瞬間想通。

照這個發展看來，海涅應該會用某種道具或是能力逃跑吧。

而就像是在為我的猜測提供佐證似的，海涅從胸口拿出寶石……！

「聽好了六號，這次算是平手！下次見到你的時候我一定要……咦！等等……！呀啊啊啊啊啊啊啊！」

「休想得逞——————！」

我把手伸進海涅的胸口打算先搶走寶石，只可惜晚了一步。

那恐怕是能夠發動瞬間移動之類的能力的道具吧。

海涅的身影煙消雲散，留在現場的只剩下……

「喔，不錯嘛六號，你得到寶物了。」

留在我手中的是海涅身上穿的胸罩。

「那、那是……這樣啊，海涅是用了轉移石吧。大概是只有被六號抓住的內衣轉移失敗了。」

雪諾針對那個什麼轉移石如此說明，不過……

「也就是說，海涅是以上空的狀態轉移回魔王城嘍。」

「海、海涅……」

格琳無情地如此斷定，同時羅素跟著低語，臉頰不住抽搐。

這時像是在為格琳的發言提供佐證似的，語音在我的腦中大響。

《惡行點數增加。》

6

我們逃離大房間，順著來路死命奔跑。

「站住！羞辱了海涅的死猴子，我要踩扁你！」

搭乘巨大機器人的羅素一邊叫我猴子一邊追了過來。

「吵死了，你就那麼想要海涅的內衣嗎早熟的小鬼！拿去，我把胸罩還給你就是了，不要過來！」

我不管三七二十一地將內衣朝追過來的巨大機器人丟了過去。

「你、你白痴啊！我和海涅才不是……」

儘管嘴上這麼說，羅素的視線卻一直盯著翩然落下的內衣，動作瞬間靜止。

我們趁隙逃進小房間裡面，看著錯失獵物而火冒三丈的羅素離我們遠去。

「姑且是避難成功了沒錯，不過接下來到底該怎麼辦啊？就算想與之一戰，面對那麼大的對手實在是……」

蘿絲上氣不接下氣地這麼說，不過確實沒錯，我還真想不到有什麼武器可以對付那麼大的對手。

「話說回來，那個傢伙有辦法離開這裡嗎？通往外面的出口看起來只有經過這個小房間才到得了吧……」

「如果是這樣固然很好，不過古代人再怎麼說也沒有那麼笨吧。應該有個供那個巨人使用的出口才對。」

在雪諾和格琳做出各種揣測時，愛麗絲指著回去的方向說：

「總之先回到入口去看看好了。如果那個傢伙沒辦法到外面去，我們就直接回國。如果它追著我們來到外面，到時候就窩回這裡長期抗戰。」

「就這麼辦吧。我不覺得那麼大的傢伙在沒有補給的狀況下可以無止盡活動下去。」

我們聽從愛麗絲所說，回到遺跡的入口。

不過，我們在那裡見到的不知道該說是如同猜測，或者該說是最壞的結果……

「太慢了吧，我都快等到不耐煩了。不好意思，我不會讓你們逃離這裡的。還有，這個遺跡並沒有堅固到抵擋得了這個傢伙喔。想守在裡面也是白費心機！」

等在遺跡入口的羅素，在巨大機器人裡面帶著奸笑如此宣言——

「——好了六號，接下來要怎麼做？」

隨著破壞遺跡的聲響，鈍重的震動搖晃著附近的結構體，而愛麗絲在這樣的環境當中盤腿坐在地板上，即使面對這種狀況，卻還是悠哉地這麼說。

我發出低吟聲，煩惱了半晌。

「那個傢伙感覺脾氣很暴躁，即使道歉應該也不會原諒我們吧？如果是海涅，只要說我們願意投靠魔王軍，搞不好還會放過我們。」

「海涅現在可是在自己的部下面前上空呢。你現在應該是她最想殺的頭號目標了吧？」

雪諾一邊吐嘈我的牢騷，一邊環顧四周。

我原本以為雪諾是在找逃生通道，沒想到即使在這樣的緊急狀況下，她還是開始撿拾散落一地的燈具和其他零件。

明明身處危機之中還是不改本色，這部分究竟值不值得學習呢？

「要不要試試看我的詛咒？如果那是魔像那種具有暫時性生命的魔法生物，詛咒姑且也是有效的喔。」

「我想那應該不是魔法那一類的東西，大概是機器人才對……喂，格琳，妳試試看詛咒愛麗絲。這個傢伙正確說來也不是魔像，而是類似那個大塊頭的東西。」

對於我的提議，兩人各自有所反應。

「這樣啊，要對我用那個詐術是吧。可以啊，妳試試看。不過催眠術對仿生機器人根本起不了作用就是了。」

「很好，我要讓妳知道我的力量貨真價實！」

說完，兩人站了起來，格琳便對著愛麗絲伸出手指。

「啊，喂，格琳！考慮到失敗的狀況，原則上還是想個比較輕微的……」

「偉大的澤納利斯大人，請對這個不知分寸的小不點降下災禍！讓她遭受瓦礫強襲吧！」

同時響起了一個「叩」的悶聲。

被掉下來的瓦礫重擊頭部，格琳倒在地板上。

「為什麼這個傢伙老是挑在戰鬥之前先倒下啊！」

「隊長，牆壁好像很不妙！掉下來的碎片量也變多了！」

我甚至沒空為搶先失去戰力的格琳煩惱。

正如蘿絲所說，遺跡崩塌的速度變快了。

「嗚、喂，六號，你變不出把戲了嗎！你看，這麼多寶物！如果能夠把這些帶出去的話可以大賺一筆，我可不會在這裡放棄！」

「妳這個白痴，快把那種東西丟掉！帶著那些想逃都逃不了！」

可惡，面對這種狀況應該怎麼辦才好啊！

就在我如此煩惱的時候。

「……隊長，感覺我說不定和那個人是同類，不如我去跟他談判看看如何……？而且，我或許還可以順便得知自己的來歷……」

正當我想著把唯有外貌出眾這點可取的雪諾當成貢品交出去，不知道能不能讓他放我們一馬的時候，蘿絲戰戰兢兢地這麼說。

我一開始還覺得這個傢伙沒頭沒腦的在說什麼，不過仔細想想或許有點道理。

「好，不行也要試了才知道！聽好了蘿絲，為了提高對方的認同感，要強調妳偶爾會說的『爺爺說的沒錯人類是敵人』之類的那些話……」

……說到這裡，我沒有繼續說下去。

蘿絲提議的時候，表情開朗、語氣輕鬆，但是仔細一看，她其實在微微顫抖。

我不知道她在害怕什麼。

不知道她怕的是知道自己的來歷，還是羅素駕駛的武器。

不，這個傢伙那麼好戰，或許那其實是因為面臨戰鬥而興奮到發抖，她根本不害怕也說不定。

不過……

「妳還是在這裡保護派不上用場的格琳吧。那個傢伙我會設法處理。」

「隊長有辦法處理嗎？」

面對蘿絲的零秒吐嘈，我說：

「喂，見習戰鬥員，妳是不是瞧不起如月公司啊？如月公司的科技超強的喔。只要我們出手，想打贏那種只有塊頭大的遲鈍傢伙根本輕鬆愉快。」

「請等一下，我什麼時候變成見習戰鬥員了！那件事我不是已經拒絕了嗎！」

把蘿絲的抗議當成耳邊風，我轉頭看向愛麗絲。

「事情就是這樣，愛麗絲。妳有沒有什麼起死回生的妙計？」

「要說有沒有妙計的話倒是有一個，不過風險很大喔。首先，你要放棄回收那個機器人。還有，你有像之前那樣讓點數變成負值的覺悟嗎？」

愛麗絲迅速如此回應。

「那個像隱藏密技的方法不是已經不能用了嗎？我試過我的傳送機，如果會變成負值的話東西就不會傳送過來。」

惡行點數變成負值的話，原本會有所謂的制裁部隊來找我。

但只要我待在這個星球就不可能遭受制裁，所以我原本帶著這個悠哉的想法試圖趁現在大花特花的說……

「要是准許你預借點數的話，你肯定會不知節制地大花特花吧。所以我申請了限制，只有在面臨緊急事態的時候，才能夠花到變成負值。有意見就等你把欠我的錢還完再說。」

「看來妳很了解我嘛，真是讓我太開心了。欠妳的錢請再寬限一陣子。」

不過，點數變成負值事到如今也沒什麼了不起的了。

這點小事根本算不上風險吧。

這時，或許是我的疑問表現在臉上了，愛麗絲語帶試探地開了口。

簡直就像是早就知道答案，但還是姑且問問看似的向我確認。

「最後一個風險是爭取時間。你要一個人對付那個傢伙。」

我充滿自信地從鼻子哼笑了兩聲。

「爭取時間這種事情交給我就對了。我可是以打不死著稱的老兵，戰鬥員六號先生喔。我不知道妳想申請什麼，不過其他事情就交給妳了，聰明的搭檔。」

「關於你的腦袋和個性只會讓人感到不安，不過唯有戰鬥方面我很信任你喔，強大的搭檔。」

只有這種時候特別可靠的毒舌仿生機器人。

她用力拍了一下我的背，然後拿起如月公司製造的傳送機。

「喂，愛麗絲，我應該做些什麼！」

「妳和蘿絲一起當我的幫手。妳們要遵照我的指示行動，組裝速度越慢，六號的存活率就會越低，這點可要記好了！」

組裝是什麼意思啊？

……不，我還是別想這些了，要動腦的工作都交給這個傢伙。

——我衝到外面去，對著貼在遺跡上的羅素大喊：

「我是祕密結社如月的職員，戰鬥員六號！敲敲打打的吵死人了，你這個臭小鬼！那麼想敲牆就上賓館去！」

然後將戰鬥服的肌力增強裝置調整到最大，瞄準它的腳揍了過去……！

7

揍了羅素駕駛的巨大機器人之後。

「你這個傢伙是怎樣！只會抱頭鼠竄的話一開始就不要出來啊！」

「少囉嗦，這是聰明的我的作戰計畫！我不知道那個用的是怎樣的能源，不過那麼大的話應該動不了多久吧！」

我便專心致力在閃躲上面，在它的腳邊到處亂跑逃來逃去，不停挑釁。

「這個傢伙的燃料是操縱者的生命力！如果是一般人立刻就會被吸乾了，但是由我這種合成獸來駕駛的話，長時間啟動也不成問題！我受夠你這麼礙事了！」

羅素煩躁地一次又一次踱步，每次都讓地面晃動害我差點跌倒。

不過，我完全沒有要等到他耗盡能源的意思。

只是說來試著為了替我特地跑出來卻只會到處逃這件事找個藉口而已。

「說是這樣說，但是我看你挺著急的嘛！天底下哪有笨蛋會把敵人說的話照單全收啊！我很習慣打持久戰，要我逃幾個小時都不成問題！」

「這個傢伙……！夠了，膽小鬼在一邊看著！我先壓扁你的同伴！」

羅素忿忿地這麼說，準備再次開始破壞遺跡……

「嗚哇！你、你想怎樣啊！氣死我了，我一定要踩扁你！」

這時候，有著玻璃外罩的駕駛座部分中了手槍的子彈，於是他便回頭過來到處追趕我。

雖然說是爭取時間，但每個瞬間都需要繃緊神經。

尤其是沒有反擊手段這點最麻煩。

「真是夠了！明明就沒辦法對我怎樣，我受夠你的死纏爛打了！乖乖死心投降好嗎！」

……不，要反擊手段姑且有一個。

抓準怒火中燒的羅素背對我的瞬間，我拿出掛在腰部後面的愛用武器，接著大喊：

「太輕敵的話小心被我碎屍萬段喔——！」

大概是一心以為我傷不了它而完全掉以輕心了吧。

那個巨大機器人即使跟丟了我也不慌不忙，而我便拿著R鋸劍砍了過去！

「哇啊！你、你做了什麼……！」

腳踝被砍出一道缺口的巨大機器人失去平衡，一屁股坐倒在地上。

差點被波及卻還是在千鈞一髮之際成功躲過的我大喊：

「喔，什麼嘛什麼嘛，還說是什麼古代武器，結果只是外強中乾而已啊。打起來比雜碎還不如——！」

「你、你這個傢伙夠了喔！」

我這不知道是第幾次的挑釁讓羅素火冒三丈，不過他大概是覺得與其繼續和我周旋，不如拿我的同伴當人質還比較快吧。

只有視線依然對準我，他開始破壞遺跡。

看來他總算發現我在爭取時間了。

可惡，話雖如此，就這樣任遺跡遭到破壞也不是辦法……！

大概就是這瞬間的糾結壞了事吧。

原本還在破壞遺跡的巨大機器人，也不管自己的機體可能會受創，整架朝我這邊撲了過來。

才剛覺得自己受到嚴重的衝擊，忽然間眼前一亮。

不對，雖然應該只有短暫的一瞬間，不過看來我是失去了意識。

心想必須逃跑才行，但能夠動的卻只有右手。

啊啊，這個狀況不太妙。

我看向羅素心想不知道有沒有辦法靠嘴砲逃出生天，不過從剛才就一直挑釁的我似乎已經讓他怒不可抑了。

在巨大機器人的駕駛座上露出孩童特有的殘酷笑容，羅素像是要刻意吊人胃口似的緩緩接近。

「不要以為你能夠立刻得到解脫喔。」

然後說出這種三流壞蛋很愛說的台詞。

「白痴啊你，說出那種台詞的時候，事情多半都不會順利喔。」

於是渾身虛脫無力的我躺在地上，以前輩壞蛋的身分如此忠告。

而羅素嗤之以鼻，同時對我伸出手——

——然後因為從遺跡裡面傳出的聲響而停止動作。

大概是很介意那個聲響吧。

「這到底是什麼聲音啊？」

睥睨著我的羅素這麼說，語氣當中淨是警戒之色。

「那個傢伙居然叫了那麼誇張的東西啊……」

只要是戰鬥員，任何人都聽過那個重低音。

己方聽了為之振奮，敵人聽了為之喪膽，只要在如月公司工作夠久，肯定都聽過這個引擎聲。

同時，遺跡內部也傳出某種敲打聲。

那個聲音像極了羅素毆打遺跡牆壁的聲響。

在羅素因為慢慢變大的破壞聲與震動而露出困惑的表情時。

有個東西粉碎了遺跡的牆壁，從中現身。

「這、這……」

看見那個東西的羅素嚇得說不出話來。

『讓你久等了，搭檔。剩下的就交給我吧。』

配備在機身外部的擴音器，傳出了這番簡直像是英雄會說的台詞。

也難怪羅素會為之啞然。

因為我的女漢子搭檔，駕駛著足以匹敵羅素的巨大機器人的武器現身了。

「這、這這、這是什麼……」

突然撞破遺跡的牆壁從中現身的，是如月公司引以為傲的巨大多腳型戰車。

也不知道到底是誰取了這個名字，俗稱毀滅者的蜘蛛型武器就在眼前。

在嚇得合不攏嘴的羅素連話都說不好，陷入了混亂的狀況下。

就像上次愛麗絲在我和加達爾堪德對峙的時候做過的一樣。

我硬是挪動疼痛的身體，對著駕駛毀滅者的愛麗絲……

「幹掉他！」

豎起右手的拇指——！

8

我醒過來的時候，映入我眼中的是極為不尋常的光景。

「…………喂，愛麗絲。」

「喔，你醒了啊。我幫你打了治療用的奈米機器，還有沒有哪裡會痛？」

地點是祕密基地的床上。

我稍微扭動了一下身體，確認身體的狀況。

「沒有，我不覺得痛……」

「這樣啊，那真是太好了。你可能有撞到頭，晚一點我再幫你詳細檢查。要是你變得比現在還要笨，就算我再怎麼厲害也很傷腦筋。」

面對重傷初癒的人，愛麗絲還是一樣毒舌。

「我有很多事情想問妳，可以嗎？」

「可以啊，任何問題我都能回答。」

愛麗絲如此秒答，於是我先問了一個問題。

「到妳駕駛毀滅者攻擊那個傢伙的部分為止我還記得，之後到底怎麼了？」

「那當然是獲勝了。機體性能是對方比較高檔沒錯，這就是所謂的駕駛員能力差距了。雖然稍微受了點傷，不過我把那架機器人打成廢鐵了。」

聽愛麗絲開心地這麼說，我先放心了一點。

我當然是相信她的，不過真不愧是我的搭檔。

平常是個說不出好話的破銅爛鐵，不過該認真做事的時候就會有所表現。

「妳說稍微受了點傷，還好嗎？」

「沒事。那可是讓你的點數變成負值才弄到的寶貴的毀滅者。雖然修理需要花點時間，不過我一定會修到能夠正常運作的狀態。」

我擔心的是駕駛毀滅者的愛麗絲有沒有事，不過照這樣看來應該沒問題吧。

「六號昏過去之後，我打爆了巨大武器，和裡面的羅素交戰，最後那個小鬼被雪諾和蘿絲壓制住了。」

「喔，那真是太感謝妳們了。其實我想到一個利用那個小鬼頭的方式。所以，後來又怎麼樣了？魔王軍和托利斯軍呢？」

「附近的托利斯軍被我駕駛毀滅者嚇唬一下就撤退了。魔王軍則是由虎男和戰鬥員打游擊戰趕跑了。我們還趁亂強搶了魔王軍和托利斯的部分土地，這樣連阿斯塔蒂大人交代的任務都達成了。」

聽愛麗絲說到這裡，我總算鬆了一口氣。

「公主殿下表示，她想盡可能和托利斯以和平的方式解決，但是對方的態度很強硬。大概是因為有出口水精石的外交優勢吧，雙方好像還在為和解內容爭執。」

「原來如此。」

既然如此，接下來只要設法搞定水的問題就萬事擺平了吧。

「目前的情況大概就像這樣了吧。還有其他問題嗎？」

聽愛麗絲這麼說，我決定問出最令我好奇的一件事。

「那我想問妳一下……妳…………為什麼在脫我的內褲？」

沒錯。

我醒過來的時候，這個傢伙正在脫我的內褲。

「我不是在脫你的內褲，是在幫你穿內褲。」

「穿脫都一樣啦！為什麼要趁我睡著的時候幫我穿內褲啊！是怎樣？對任何事物都很有興趣的妳，對我的大鵰也感到好奇了嗎？」

我把呈現半滑落狀態的內褲往上拉，確實固定在正確位置。

「我對你的啾啾丸一點興趣也沒有，這是在幫你把屎把尿。」

「不准叫什麼啾啾丸！要叫至少用攻擊力更高一點的……咦，把屎把尿？妳在幫我把屎把尿？」

聽愛麗絲這麼說，我忽然想到。

「我睡了多久啊？」

「差不多三天吧。睡了那麼久會屎尿橫流也很正常。」

真的假的……

「人家嫁不出去了……」

愛麗絲對摀著臉哭哭啼啼的我說：

「如果真是那樣的話，等到你變成老頭子動不了的時候，我會照顧到你嗝屁為止啦，搭檔。所以別垂頭喪氣了，挫屎鬼。」

真不知道她是想幫我打氣還是在嗆我。

「……說的也是。阿斯塔蒂大人的態度一點都沒有軟化，格琳是顆大地雷，蘿絲又很可怕。雪諾根本不在討論範圍內，所以也只好將就妳了……」

「也只好是怎樣，將就我又是什麼意思？很敢說嘛，你這個挫屎混帳。」

愛麗絲嘴上叫罵得很痛快，不過平常不曾受到影響的表情，不知為何看起來有那麼一點開心。

「話說回來，能不能叫人家把妳的身體改造成高挑的巨乳啊？最好是順便再裝個ＴＥＮＧＡ在裡面。」

「幸好我是仿生機器人。如果是一般女性，你說那種話就算被宰了也沒有資格抗議。」

聽愛麗絲沒好氣地這麼說，我赫然驚覺。

「仿生機器人……對喔，我怎麼沒想到呢！妳還記得吧，上次格琳不是召喚出惡魔嗎！拜託那個傢伙看看好了！叫他把妳從口無遮攔的仿生機器人升級為人類美少女……」

「明明重傷初癒身體也還不太能動，竟然敢對一直幫你收拾善後的我說了這麼一堆笑話是不是想打架啊，我樂意奉陪！」

愛麗絲把長褲砸在我身上的同時，我想起一件事。

「先等一下愛麗絲。善後工作還沒結束呢。等一下陪我跑一趟吧。」

我對一臉狐疑的愛麗絲揚起嘴角，咧嘴笑了。

——我在愛麗絲的帶領之下，沿著陰暗的階梯往下走。

我們兩人後方還跟了一位準備在談判不順利的時候出馬的特別來賓。

走下樓梯之後，我們來到瀰漫著刺鼻臭味的監牢。

然後……

「嗨，你看起來很有精神嘛。」

被關在監牢裡的，是雙手被長鎖鏈銬住的少年，魔王軍幹部水之羅素。

聽見我的呼喚，羅素百無聊賴地從鼻子哼了一聲。

「明明被我打成像破布一樣，怎麼還活著啊？你生命力很強韌嘛。」

「因為我是最大長處就是打不死的六號先生嘛。應該說上司也經常這樣說我，所以我其實還滿在意的，拜託別提了。」

聽我這麼說，羅素對我投以嘲笑似的眼神。

「輸給像你這種不入流的傢伙，我還是無法接受……不對，我是輸給那個小個子才對。不如說，面對我操縱的武器時完全無計可施的你，還是不要一臉勝而驕矜的樣子比較好喔。而且輸給像我這種小孩，你都不覺得丟臉嗎？」

他的目的大概是想惹那個時候不斷挑釁他的我生氣吧。

羅素說出一連串挑釁的言詞，揚起嘴角。

「你說的對，我的確是雜碎級的基層戰鬥員。」

「……你怎麼突然來這套？真無聊，居然自己承認了。唉——真是的，加達爾堪德為什麼會輸給這種傢伙啊？莫名其妙。」

我爽快承認羅素的發言之後，他便將手放到頭部後方，擺出一副已經失去興趣的態度。

而我指著這樣的羅素說：

「不過，你才是輸給我這種雜碎級的基層戰鬥員的大便雜碎喔。之前一副不可一世的樣子，結果現在被抓起來關了。喂，叫別人雜碎結果自己被那個人看得這麼扁，你現在感覺如何啦？說說看啊，你這隻喪家犬！笨——蛋、笨——蛋！」

「唔、唔唔唔唔唔……！」

「喂，六號，幹嘛和小孩子吵架啊，你不是有事要找這個傢伙嗎？」

趁著這個大好機會大肆挑釁羅素的我，聽愛麗絲這麼說才回過神來。

「對喔，我不是來做這種事的，我是有事情想問你，還有事情想拜託你……」

「我才不要。」

回過神來的我才剛這麼說，就被羅素簡短地斷然拒絕。

「……喂，你這個混帳臭小子，最好是趁我這個溫和的六號先生還好聲好氣地拜託你的時候乖乖聽話比較好喔，否則……」

「沒關係啊。我不知道你想對我怎樣，不過儘管試試看好了。或許看不出來，不過拷問之類的行為對我不太管用。不知道是不是合成獸的特性，但我對冷熱、痛楚之類的感覺都很遲鈍。」

羅素擺出一副可以說是目中無人的態度，繼續挑釁。

原來如此，的確，蘿絲在沙漠裡也不太怕冷怕熱。

既然如此，這個傢伙說的應該也是真的吧。

「我先把話說清楚。你確實是把我害得很慘，不過那是因為你我是敵對的雙方，換言之是因為戰爭。所以對此我並不恨你。不過你現在是俘虜。如果你不願意採取順從的態度，待遇也會隨之而變。」

「所以說，你想怎樣都隨便你啊。畢竟我是合成獸，以前在實驗當中已經被用來測試過很多事情了，事到如今被怎樣都不算什麼。」

傷腦筋啊……

像他說的合成獸之類的事情，我也很想問個清楚呢……

「吶，你別鬧彆扭了，先聽我說吧。這個國家現在因為缺水而苦，這件事你也知道吧？所以，我想拜託你的事情就是……」

「啊——吵死了！我都說不想答應你們的請求了不是嗎！你們想對我怎樣都隨便你們！

還是說你只會打嘴砲？拷問像我這樣的小孩子會於心不忍？如果不是只會打嘴砲的話你就快點動手！」

…………………

「我知道了。這對我來說太難了。我投降。」

「……你是認真的嗎？是喔，我知道了，也就是說缺水真的讓你們傷透腦筋嘍。現在要低頭求我了是吧？的確，人稱水之羅素的我是有能力解決一個國家的缺水問題。不過很可惜的，無論你們再怎麼拜託我……」

羅素說到這裡，被我深深一鞠躬的動作打斷。

我鞠躬的對象不是羅素，而是站在我們後面的特別來賓。

「虎男先生，不好意思。這對我來說太難了。我投降。」

「這樣啊。那麼，剩下的事情交給我吧。不如說接下來是輪到我開心的時間喵。」

在我宣告投降的同時，從我們背後現身的是特別來賓虎男。

剛才還低調地聽著我說話的愛麗絲興致勃勃地問：

「我還是第一次聽說虎男擅長拷問。這個傢伙現在硬得像糞坑裡的石頭一樣，虎男真的有辦法讓他聽話嗎？」

愛麗絲問得理所當然，但虎男沒有回答，只是接近牢籠，一副接下來直接表演給我們看比較快的樣子。

「……這個傢伙是怎樣？你們明明是人類，居然找了獸人當同伴嗎？喂，獸人，你聽不聽得懂我說的話啊？哈哈，說話啊！」

看見虎男的羅素瞬間說不出話來，但隨即如此虛張聲勢。

不過虎男也沒有回應羅素的發言。

他只是一直盯著羅素的臉看……

「幹得好啊，六號。下次我拿美酒請你喝喵。」

「真的假的。不愧是虎男先生，不是只有噁心還慷慨又帥氣。」

「噁心是多餘的喵。要是害我被羅素喵討厭的話該怎麼辦啊，不要說那種話喵。」

對於我和虎男如此互動，羅素一臉狐疑。

而愛麗絲似乎察覺到什麼，對這樣的羅素說：

「喂，瞧你這個傢伙幹了什麼蠢事。如果你答應六號的邀請，只要每天一直製造水就沒事了說。也罷，你就和虎男好好培養感情吧。」

「……啥？」

羅素歪了頭，一臉聽不懂她在說什麼的樣子。

這時，心情顯得特別好的虎男，以沉穩的重低音向羅素自我介紹：

「我叫虎男。是個最喜歡嬌小的孩子，計劃在退休的時候接受改造手術變成美少女的怪人喵。」

聽了這番台詞，羅素再次露出一臉聽不懂他在說什麼的表情……

「…………啥？」

「啥什麼喵。從今天開始，我和羅素喵就是朋友了喵。沒事的，我很溫柔喔，儘管放心喵。」

虎男雙手握住監牢的鐵柵，呼吸變得急促。

「不、不是……我聽不懂你在說什麼。瞧你高興成那樣，不過很抱歉，我是男的。哈哈，太可惜了。看不出來嗎？吶，這隻野獸視力不好嗎？」

羅素似乎還沒理解狀況。

於是虎男露出微笑。

然後以充滿磁性的重低音說了。

「我知道你是男的喵。不如說，偽娘我更歡迎喵。」

——時間靜止了。

「……不不不，你在說什麼啊？喂，這個傢伙在說什麼啊？他剛才說的那些太莫名其妙了吧！」

羅素隨即驚慌失措了起來，而虎男的呼吸變得更加用力。

「羅素喵的臉蛋很可愛，穿起裙子一定很適合喵！」

「我聽不懂你在說什麼！」

我也聽不懂他在說什麼。

不過，至少這句話我敢說。

「虎男先生果然厲害，怪人真不是蓋的。」

「厲害在哪裡我聽不懂！吶，這是在開玩笑對吧！我是男的耶！應該說這是在嚇唬我吧！怎麼可能有這種奇怪的事情！」

或許是感覺到自己面臨危險了吧，羅素拚命說個沒完。

「我的心胸非常寬大，不會介意是男生還是女生這種小事。是男是女我都可以愛得一視同仁喵。」

「果然厲害啊，虎男先生，我真的聽不懂你在說什麼，不過真是噁心又寬大。」

「好，我知道了，我認輸就是了！雖然不甘心不過我投降，要我變水還是變什麼出來，我全都照做就是了！」

認輸的羅素表示願意合作，不過……

「虎男先生果然厲害，小鬼說他願意合作了耶。」

「開什麼玩笑啊，都到這個節骨眼上了還想收回，事到如今我怎麼可能答應喵。」

「等等！投降！我投降就是了！咦，慢、慢著……！」

虎男憑蠻力將他握在手裡的鐵柵扯了下來。

隨手被他扔出去的殘骸落在羅素腳邊，發出「鏘啷」的聲響。

臉部不停抽搐的羅素，以拔高的聲音大聲疾呼：

「好，我知道了，我從今天開始投靠你們這邊！養隻戰鬥合成獸應該在很多方面都很好用才對！」

「我們隊上已經有一隻合成獸了。抱歉羅素，今後你就和虎男先生好好培養感情吧。」

我拋出的這句話，讓羅素忽然爆淚，涕泗縱橫地狂搖頭。

「不要，我不要啊啊啊啊啊！這樣太奇怪了！太奇怪了吧！算我求你，讓我做製造水的工作吧！我每天都拚盡全力工作就是了！」

見羅素如此拚命泣訴，愛麗絲只是哼了一聲。

「製造水是理所當然的吧，你可是拒絕了六號的邀約。儘管組織不同，但既然你也是邪惡組織的一員……」

「沒錯。要反抗就該反抗到最後，要背叛就應該第一時間背叛。」

緊接著愛麗絲和我的這番發言之後，虎男把臉湊了過去……！

「真拿你沒辦法喵。只要你工作的時候不偷懶，我可以放過你，讓你只穿女裝就好。你就努力製水吧。不過嘛……以我個人而言，你想偷懶我也無所謂就是了喵。」

以凶神惡煞的面相露出滿面的微笑這麼說——

尾聲1

這裡是祕密結社如月的會議室。

「莉莉絲，我想請妳解讀六號傳來的報告書。」

阿斯塔蒂這麼說，將報告書遞給莉莉絲。

「他的字是很醜沒錯，可是應該還沒有醜到看不懂吧。拿來，我看一下……………抱歉，我也完全看不懂他在說什麼。」

她看了兩秒就放棄解讀的，是六號傳送回來的最終報告書。

「虎男先生每天看起來都很幸福是最大的收穫，還有波波蛇出乎意料地好吃……波波蛇是什麼？」

「那個我也想問。他還提到希望我們升級愛麗絲的版本，這個部分我也看不懂是什麼意思……」

不同於正在為報告書感到困惑的兩人，彼列的叫罵聲從遠方傳來。

「F十八號、F十九號！你們今天在模擬訓練表現得像軟腳蝦一樣是什麼意思！你們的

實力不只那樣吧！」

「非常抱歉，彼列大人……我只是和十九號聊到過去的事情，忍不住回想起故鄉……想到我不在之後給父王陛下和妹妹，以及各位國民添了多少辛勞，我就……」

「吾也是，海涅和羅素現在大概也在為吾擔心吧……那兩個人特別照顧同伴……」

說完，帶著懷念的神情閉上眼睛的，是身穿戰鬥服的兩名男子。

然而，彼列對這樣的兩名菜鳥表示：

「是嗎？我不知道你們在故鄉有多出名，不過消失之後只要過一個星期，其實大家很容易就會忘記你們嘍。」

「彼列大人，再怎麼說都不可能吧！我是王子兼勇者耶！像我這樣的人突然消失的話，國內一定會陷入極度混亂……！」

「對極了！有許多部下仰仗身為四天王之一的吾，現在他們一定正在展開搜索……！」

兩人因為彼列的發言而口沫橫飛地抗議，但立刻遭到鐵拳制裁而蹲了下去。

「你最好不要再提什麼勇者還是怎樣的了，看起來笨得像六號一樣！還有你，不准擅自號稱四天王！」

阿斯塔蒂瞄了如此吵鬧的三個人一眼。

「那兩個菜鳥也很努力呢，我聽到彼列要直接鍛鍊他們的時候，還以為他們會馬上被整垮耶……」

「是啊，唯有這件事在我的意料之外。不過，彼列很會照顧人。而且那兩個菜鳥似乎也跨越過不少生死關頭。」

出現在彼列家的庭院裡的兩名菜鳥。

在每天與英雄們展開激戰的日子裡，這兩個人打出的戰果還算豐碩。

「我原本想派遣那兩個菜鳥去當六號的援軍，不過還是讓他們在這邊多努力一段時間好了。」

「才剛進公司幾個月就被派遣到那個行星去也很可憐。雖然對六號不太好意思，不過就請他們那邊維持現狀繼續運作吧。英雄們這次的反抗作戰總算是被我們擋下來了，但是現在還不能大意。」

兩人這麼說完，視線再次回到報告書上。

「……吶，這個莫吉莫吉是……」

「我也不知道啊。我也有叫愛麗絲交最終報告書了，到時候兩相對照一下再思考吧。就勉強整理出的結論來說，侵略地似乎是增加了……」

報告書裡面到處寫著莫名奇妙的事情。

其中最誇張的……

「最後這個，試著把襪子套到格琳的腳上差點釀成極為慘烈的悲劇又是……」

「我記得格琳是六號的部下吧。應該沒人懂穿襪子釀成慘烈的悲劇是什麼意思吧……」

兩名幹部這麼說完，歪著頭面面相覷。

尾聲2　不死怪物祭典

請羅素解決缺水問題之後，過了好一段時間。

和托利斯王國之間因不幸的誤會而產生裂痕的關係，似乎也出現了修復的徵兆，總有一天也會再次開始通商吧。

到這裡為止都還很順利，然而……

「我不想再見到隊長了！在加入這個小隊之後我的遭遇一直都很淒慘！去托利斯被甩，去沙漠被曬成人乾，還要被硬穿襪子，參加街頭聯誼也被甩！」

「和我有關係的只有一個吧！再說了，誰想得到穿個襪子而已就會讓妳變成那樣啊，我才想抗議好嗎！」

我在葛瑞斯王國的訓練場被鬧彆扭的格琳找碴。

「真是的，我知道了啦，既然妳都說成這樣了，真是夠了……我去拜託他們讓妳調到其他小隊去就是了……」

聽我脫口說出這種話，格琳瞪大了眼睛……

「不要啊啊啊啊啊！求求你隊長，不要拋棄我！我們不是一直同甘共苦的同伴嗎！一開始對我那麼好，等到玩膩了就拋棄我，這樣太過分了吧！」

「還不是因為妳一直抱怨，不然我到底還能怎麼做！再說了，妳每次在戰鬥開始前就被幹掉的機率也太高了吧！這次也完全沒派上用場！開除，我要把妳從我的小隊上開除，讓更有能力的孩子入隊！沒錯，像是之前在名冊上看到的冒失魔法師或是老爺爺……」

見我開始思索，格琳哭著巴住我的手臂。

「隊長，我們的感情都已經好到去約會過了不是嗎！都好到讓你看過內褲了不是嗎！即使是這樣你還要拋棄我嗎！你敢那麼做的話我就詛咒你————！」

「妳這個女人很難搞耶！不然妳想要我怎樣啊！」

一邊嚎啕大哭一邊大呼小叫的格琳表示：

「誰教愛麗絲說我是騙子，白天無法行動的我又沒辦法像雪諾和蘿絲那樣有所表現！沒錯，就是表現的機會！給我表現的機會！」

她一邊這麼說著難搞的話，一邊抓住我的衣袖不肯放開。

「還說什麼表現的機會啊……妳能做的事情也只有……」

「婚禮會場之類的如何？隊長只要做壞事就可以得到你所說的點數對吧？既然如此，我就在情侶正準備發誓的那個當下，詛咒他們永遠無法結婚……！」

然後那個詛咒就會反彈回來……

「讓妳變成永遠的剩女，我可以想像最後的結局會是這樣。」

「不要說！我自己也覺得會這樣，但是說出口感覺更容易成真所以不可以說！」

就在我這樣捉弄喋喋不休的格琳時。

「格琳，妳在這裡啊！緊急狀況，緹莉絲殿下在叫妳！」

衝進訓練場的雪諾放聲大喊。

我和格琳互看了一眼。

「開除……」

「不要害我擔心！緹莉絲在這個季節找我，我大概可以猜到是什麼事情。快點隊長，幫我推輪椅！讓緹莉絲殿下親口為你說明我這個女人能夠發揮多大的作用！」

格琳一邊說出這種令人厭煩的話，一邊招手催促我。

「你們兩個動作快！根據城裡的占卜師的預測，今年可能是有史以來最大的一次！」

我從沒見過雪諾如此著急，不過……

「今年？有史以來最大？喂，格琳，她在說什麼啊？」

「去了你就知道，好女人總是有很多祕密的。」

格琳輕輕笑了一下同時這麼說，說完伸出手指點了一下我的鼻子。

…………

「看到愛賣關子的女人，我就很想把她脫個精光……」

「對不起，你可愛的部下只是淘氣了一下嘛！」

格琳連忙拉開距離，然後指著逐漸變得烏雲密布的天空。

「祭典啦，是祭典！不死怪物祭典要開始了！」

說出如此令人不安的台詞——

【最終報告】

戰鬥員六號的行動，成功使葛瑞斯王國與鄰國的友好關係產生裂痕。

之後發展為與鄰國之間的戰爭，趁機達成擴大如月公司支配地的業績。

行動中俘虜了競業對手的怪人一名，目前交由虎男管理。

根據從怪人口中問出的情報，得知這個行星過去曾經擁有高水準科技的超文明。

在這次的作戰行動當中未能問出戰鬥合成獸的製造技術或有用的資訊，不過據說巨大魔獸的存在等生態系的矛盾也和該超文明有關。

預計將積極接收超文明的剩餘設施，同時繼續進行更進一步的調查。

另外，據說這個行星到了這個季節會舉行名為不死怪物祭典的活動。

身為科學技術的結晶，我打算盡全力妨礙這個令人不快的怪力亂神祭典。後續將另行報告關於這項行動的結果。

最終報告者　怪力亂神剋星・如月愛麗絲

特別聯名短篇
《為美好的星球獻上祝福！》

「十月三日，上午兩點。順利完成降落至行星的行動。降落途中發現燈火，接下來將前往探索。」

順利降落在行星上的我對著終端機錄音，同時確認附近的狀況。

眼前是一望無際的平原，似乎很適合人類生活。

這次的任務應該可以輕鬆完成。就在我忍不住如此鬆懈下來的時候。

「這個行星的水源和植物都很豐富，據悉應該適合人類居住……唔喔！」

地面突然隆起，巨大的蟾蜍從中現身。

雖然我不是沒有能力驅除這個傢伙，不過要是把屍體丟在這裡不管，可能會讓附近的居民產生戒心，發現有人足以葬送如此巨大的生物。

「該死！我這個菁英居然得為了區區的蟾蜍而撤退……！」

剛降落在行星上不到幾分鐘就被迫衝刺，這個星球真是小看不得。

忘記剛才的失誤吧，回想起平常那個以冷靜而為人所知的自己。

無論在這個星球上發生什麼事情，千萬不可以動搖或大意。

「降落之後立刻遇見好戰的巨大蟾蜍！顧慮到這次是調查任務，進行戰略性撤退！錄音檔案紀錄者，戰鬥員二十二號！」

就像這樣。我展開了在這個不像樣的世界的生活──

「──十月十七日，上午六點。接下來準備前往土木工程的打工。」

在馬廄起床的我，對著終端機如此呼喊，開始這一天的錄音。

降落到這個星球之後過了兩個星期。

在語言學習上稍微碰到了一些困難，不過對於身為菁英的我不算太大的阻礙。

在這裡的生活還算順利。

不如說，因為沒有什麼值得一提的娛樂而早睡早起，每天都以健全的作息努力從事肉體勞動，反而讓人覺得應該重新審視在地球的生活方式。

而且，打工的工資和如月公司的薪水差不了多少這點，更是讓人煩惱。

在地球上，居民們光是看見我就到處逃竄，但是在這個城鎮裡沒有人會多注意我。

根據工作夥伴表示，這個城鎮動不動就會不知道從哪裡冒出名字奇怪，身穿奇裝異服，又黑髮黑眼的人來。

——這一天，在我照樣努力修補著外牆時，一名陌生的少女向我搭話：

「吶，我來示範給你看！」

突然出現的那名藍髮少女這麼說完，便以令人驚豔的手法展現出塗裝技術。

「……前輩，那位藍髮少女是專業的工匠嗎？」

「不，補修隊長是打工仔。零用錢花完的時候她就會來這裡。」

附近的工人口口聲聲稱少女為隊長讓她心花怒放，不過隊長到底是……

話說回來，這個星球上就連只是來打工的少女都擁有如此精湛的技術嗎？

根據之前的調查，我還以為這裡的文明水準很低，看來應該修正一下想法比較好。

——就在這個時候。

「隊長，牆壁倒塌，有人受傷了！麻煩治療一下！」

似乎是發生了工安意外，工頭這麼放聲吆喝。

「『Sacred Highness Heal』——！」

於是我看了過去，發現隊長不知道喊了什麼，傷患便瞬間痊癒。

正當我因為這種不可能的現象而嚇到僵住的時候。

「真是的！不是都叫你要確認安全了嗎，真是的！」

「補牆隊長，不好意思啊，得救了！晚一點我再請妳喝深紅啤酒！」

痊癒的工人這麼說……

不不不，看見那種程度的神蹟，結果只要請她喝酒就可以打平了嗎！

不過，看隊長那麼開心，那應該是相當的代價了吧。

補牆隊長，似乎只要有一杯便宜的酒，就可以連人都補好。

這個星球的醫療狀況到底是怎樣啊——

「——十月二十四日，下午十點。接下來將前去補充惡行點數。」

在當地生活進入第三個星期。

我後來才知道之前的瞬間治療是魔法。

聽起來充滿了濃濃的奇幻色彩，不過事情就發生在眼前，我也無從否定。

今天先暫時忘記魔法這件事，去賺取開始不夠的惡行點數好了。

先做些小規模的惡行觀察一下狀況，要是造成騷動就再靠武力設法解決吧。

我如此判斷，便踢倒鎮上的垃圾桶藉此賺取點數，這時——

「喂，你在幹什麼！別亂翻垃圾，否則烏鴉殺手會讓你吃不完兜著走喔！」

一個穿著女老師風格的性感套裝，金髮碧眼的美女如此叮囑我。

「烏鴉……？我不知道妳想表達什麼，不過該小心吃不完兜著走的人是妳喔。誰教妳這麼晚了還一個人在外面。哼哼哼……要怪就怪妳自己太沒有警覺了……！」

「你你、你說什麼！」

我原本只是想稍微嚇唬她一下，沒想到美女只是驚訝，一點也不害怕。

既然惡行點數沒有增加，我可以肯定她並沒有感到恐懼。

「沒想到這個城鎮還有男人具備如此的氣概！我不知道你打算讓我怎樣吃不完兜著走，不過我已經決定只讓那個傢伙對我做出那種行為了！」

「哼哼哼……如果在妳口中的那個傢伙眼前把妳剝個精光的話，究竟會露出怎樣的表情呢……喂，臉紅個屁啊，妳這個傢伙是怎樣！」

神祕美女不知為何臉頰泛紅，忸忸怩怩了起來。

「還還、還不是因為你提出那種高手級的NTR玩法！如果是以前的我可能還會受到迷惑，但是現在的我可不會屈服在那種甜言蜜語之下！」

「妳這個傢伙到底是怎樣啊！難道這是文化差異嗎！」

俗話說國情不同想法也會跟著改變，難道在這個星球這樣才是正常的嗎……

「我不能放任你這種高手級的變態在外面閒晃！來吧，我要將你繩之以法，儘管放馬過來！別以為你可以抓住我，把我帶到那個傢伙面前去！」

「我也不知道為什麼，不過被妳稱為高手級的變態讓我覺得非常不服氣！對一般市民動手雖然很幼稚，不過我可不能讓妳瞧不起如月公司。妳就睡一下吧！」

為了避免她大聲嚷嚷，我毆打她的腹部試圖讓她昏過去，但美女只是默不作聲地站著。

「看、看招……！」

「…………」

我原本以為是自己放水放過頭而盡全力毆打腹部，但神祕美女還是一副沒怎樣的樣子。

不僅如此，她還露出隱約有點失落的表情，像是在表達「就這樣嗎」似的注視著我……

「我走了……」

不知為何是揍人的我因為拳頭痛而皺起眉頭，這時美女也輕聲這麼說完便離開了。

既然點數沒有增加，就表示對於那位美女而言，我的攻擊大概連惡行都稱不上吧。

這個星球沒有類似槍械的東西，或許原因並非只有文明水準不發達。

看來我必須修正認知——

「——十月三十一日，上午十點。今天將針對魔法進行調查。」

我對著終端機如此呼喊之後，立刻開始行動。

在正門做工程的時候我發現了一件事情，這個城鎮有稱作冒險者的一群人在打獵。

狩獵的對象是我一開始遇見的蟾蜍。

最可怕的是，那種巨大的捕食者在這個世界聽說只是小怪。

然後現在——

「各位，蟾蜍大量繁殖的時候到了！最好賺的加分關就在眼前——！」

大量湧現在城鎮外面的蟾蜍群，在我的眼前接連遭到獵殺。

這個事實讓我開始頭痛，不過現在最重要的是調查魔法。

我尋找著調查對象，看見了一名做魔法師標準打扮的少女。

「喂，惠惠，這顆糖給妳，妳去別的地方狩獵。」

「是啊，可以的話麻煩跑遠一點。」

冒險者們稱呼我想調查的那名少女為惠惠，並且試圖趕走她。

既然用那種聽起來像綽號的稱呼在叫她，大家應該不討厭她才對。

所以大家會那麼嫌棄她，從年紀看來，大概是因為她是個未成氣候的魔法師吧。

「你們對我這麼惡毒，小心之後倒大楣喔！」

「好啦好啦，我知道了，妳趕快發完了事吧。負責當監護人的和真在幹嘛啊……」

既然聽見監護人這個名詞，就表示她果然是未成氣候的魔法師。

面對這令人莞爾的一幕，我不禁露出苦笑——

「『Explosion』——！」

同時因為看見少女施展的魔法而整個人僵住。

突然發生的大規模爆炸讓成群的蟾蜍消失殆盡。

「辛苦啦，我送妳回家吧。真是的，和真到底在幹什麼啊……」

「喂，你對待我的方式太隨便了吧！」

冒險者把施展了大魔法的少女當成行李一樣在搬。

不對，從附近的那些人的反應看來，難不成剛才那招不是什麼大魔法嗎？

事實上，大家都一副司空見慣的樣子，淡定地努力狩獵著蟾蜍。

看來那名少女果然是未成氣候的魔法師，剛才的魔法也是下級的魔法吧。

決定取消更進一步的調查的我，回想起剛才的魔法，整個人抖了一下。

「——十一月七日。下午八點。接下來……」

「特地從遙遠的彼方來到這裡執行諜報任務，真是辛苦啊。」

我的背脊一涼。

對著終端機如此呼喊的我，轉頭看向背後那個對我說話的男人。

即使他一直在觀察我之前的行動，我應該也沒有表現出會被知道是間諜的破綻才對啊。

「哎呀，是著急與困惑的負面情感啊。太可惜了，那並非吾之所好。」

應該說，這個高大的男子戴著面具耶，為什麼沒有人吐嘈他的打扮啊？

我不知道他怎麼察覺到我的身分，不過既然他知道了就不能留他活口。

「可別怪我喔……！」

確認四下無人之後，我把槍抵在男子的胸口，然後……！

「汝以為那種玩具能夠傷害吾嗎？太遺憾了，吾毫髮無傷！」

我明明直接射擊了心臟附近，面具男卻這麼說，捧腹大笑。

那是怎樣啊……那個莫名耐打的美女也是，這個星球的人都是這樣嗎？

難道我不是菁英戰鬥員嗎？

覺得自己很強只是我自以為是嗎？

留下失去自信而啞口無言的我，面具男沒有反擊，就這麼離開了。

……是怎樣啊？這個星球到底是怎樣啊！

「——十一月二十九日，上午六點……接下來準備前往土木工程的打工……」

來到這個星球之後過了兩個月。

我增加打工的時間在旅店租了房間代替祕密基地，在裡面組裝傳送裝置。

接下來就只等傳送裝置穩定下來，靜待能夠回日本的日子到來而已。

我精疲力盡地前往打工——

「——補牆隊長。我昨天被蔬菜攻擊了……」

「哎呀，真是苦了你。要是受傷就說吧，隊長幫你治療。如果死掉的話，時間過了太久就無法復活了，要小心喔。」

我因為昨天在農場發生的事情，向那位藍髮少女發了牢騷。

從她的反應看來，昨天發生的事情不是我的腦袋壞掉了而是常識。

應該說發生太多過於令我驚嚇的事情，害我不小心來不及反應，不過看來只要死後沒過太久，這個打工少女甚至可以令死者復活……

「隊長，我無意間聽到一件事……聽說這裡是新進冒險者的城鎮，是真的嗎？」

「沒錯，是真的喔。話說回來你沒什麼精神呢，是不是被蔬菜攻擊讓你很害怕啊？告訴你一件有益的事情。吃橘子的時候呢，要小心橘子對你的眼睛噴汁。」

……原來如此，連橘子都會攻擊人啊，我又學到了一課。

正當我一邊恍恍惚惚地這麼想，一邊帶著毫無生氣的眼神工作時，隊長對我說：

「覺得心累的時候，就來找身為至高神的本女神阿克婭小姐求救吧。我們是同事，有困難的時候我會幫你的。相對的，我在金錢方面有困難的時候你也要幫我喔。」

「至高神，阿克婭女神……」

我心不在焉地工作著，不知為何只有這串詞彙在我的腦中留下深刻的印象。

這裡是新進冒險者的城鎮，阿克塞爾。

這個國家正在和魔王軍交戰，強大的冒險者似乎全都到最前線去了。

換句話說，我之前看到的那些人都……

「——十二月二十九日，下午七點。接下來將在完成最後的調查之後返回地球。」

傳送裝置已經穩定下來，隨時都可以回去了。

我對終端機如此呼喊之後，為了達成未竟之事，來到阿克塞爾的街頭。

對手是誰都好，只要夠弱就行。

沒錯，我在這個星球完全失去了自信，一心只想著回地球，但是……

「我是如月公司的菁英戰鬥員，怎麼可以就這樣善罷甘休……！」

也有可能我一直以來遇見的對手，其實都是這個世界的頂級強者。

即使是要欺負弱小，我也想和當地人認真決鬥，贏了再回去。

看看我受的打擊有多嚴重。我一邊如此自我解嘲，一邊在夜晚的街頭散步。

「——你是冒險者嗎？可以耽誤你一下嗎？」

「我？……有、有什麼事？我背後有強者和貴族在撐腰喔。」

最後，我找了一個看起來弱到不行的冒險者少年搭話。

我的直覺似乎相當準確，那名少年說出這種小咖才會說的台詞，一看見我的模樣便嚇得不斷往後退。

……這樣才對啊，看見身穿強化裝甲服的如月公司戰鬥員的第一印象，就該是這樣。

來到這個城鎮之後終於得到正常的反應，讓我有點開心。

「不好意思嚇到你了，如果你是冒險者的話，那個……我想看一下你的卡片。」

「你是說冒險者卡片嗎？可以是可以，不過我的能力值很低喔，職業也是最弱的。」

稍微恢復冷靜的少年一邊這麼說，一邊交出卡片。

……原來如此，這還真慘。

我對於這個城鎮做了相當程度的調查，也打聽到冒險者的平均能力值。

眼前的少年確實是最弱的職業，能力值也很低。

雖然有點對不起這個孩子，不過我就拿他來試試身手吧……

「不好意思，可以請你和我……」

「啊——！被我找到了吧混帳，妳們竟然做出那種輕率的舉動，大家都抗議到我這邊來了耶！」

正當我準備要求決鬥的那個瞬間，少年如此大喊，衝了出去。

我伸出手試圖留住那名少年……

「哇啊啊啊啊啊——！這次不是我的錯！第一個說要那麼做的是惠惠……！」

卻在看見少年衝出去的方向之後整個人僵住。

「我我、我也只是說說看而已，沒想到大家會認真著手……！」

「慢著和真，你先冷靜一下！其實這是有原因的……」

出現在前方的是藍髮的同事，還有耐打的美女和爆裂少女。

「事到如今我也不想聽妳們辯解了！我要好好教訓妳們三個！」

她們三個人被最弱職業的少年追得到處跑……

……換句話說，比起那三個女孩，職業最弱，能力值也不高的那名少年還比較強。

因為這件事而完全失去自信的我，啟動了終端機的錄音功能。

「報告總部。我強烈建議千萬不可以侵略這個行星。另外……」

幸運免於挑戰魯莽的決鬥的我，輕聲感謝了這個星球的神明。

「感謝阿克婭女神。戰鬥員二十二號，接下來將返回地球——」

後記

感謝各位這次拿起《戰鬥員派遣中！》第二集。

成為作家之後，很快已經過了四年。

作者最近終於體驗了在飯店閉關寫作，因為第一次嘗試了很有職業作家風格的行為而沉浸在感慨之中，一點也沒有反省大幅延遲了截稿時間這件事。

不好意思，真的給很多人添了麻煩，對不起！

總覺得最近老是在道歉。

好了，本集女主角們幾乎完全沒有女主角的樣子，不過我相信隨著集數增加，她們一定會一點一點發揮出女主角力才對。

所以，還請各位先別拋棄這些有點奸險、有點愛色誘、有點獵奇的女主角們。

本集如同封面所示，是愛麗絲的回合。

對於這個仿生機器人而言，輔佐六號是她被打造出來的理由也是存在意義，所以今後也會在鞭策漏洞百出的主角之餘，到頭來還是繼續寵他吧。

本集當中不時加入了拿另外一個系列作《為美好的世界獻上祝福！》來搞笑的要素。

還沒看過《美好世界》的讀者不妨也參考一下，更能夠享受刊尾小說的聯名小說的箇中趣味。（直接行銷）

這次的刊尾小說是之前《戰鬥員》第一集和《美好世界》的聯合特典短編的另外一個視角的作品。

個人還挺喜歡不同書系的跨界作品，至於往後還能不能看到注定苦命的他有所表現，請洽SNEAKER編輯部。

另外，在《月刊comic alive》由鬼麻正明老師繪製的《戰鬥員》漫畫版現正連載中。

有興趣的話也請多多支持漫畫版！

如此這般，第二集之所以能像這樣問世，都是多虧了以插畫家カカオ・ランタン老師為首，還有I責編、編輯部的各位，以及相關工作人員們的功勞，真的非常感謝各位。

另外，當然也要向拿起這本書的所有讀者致上最深的感謝！

曉　なつめ

恭喜第二集
上市!!
這次出現了虎男先生
這個性格非常強烈的
角色呢…!
還有戲份很多，
但是插畫很少的水之羅素…

為美好的世界獻上祝福！ 1~14 待續

Kadokawa Fantastic Novels

作者：暁なつめ　插畫：三嶋くろね

再次來到紅魔之里！
芸芸究竟能否通過嚴苛的族長考驗呢!?

在芸芸的央求下前往紅魔之里的和真等人受到各種腦洞歡迎，而那個族長考驗的內容令人費解又麻煩，很有紅魔族的風格——另一方面，村里出現不肖人士每晚亂放魔法而造成騷動，得知是「爆殺魔人莫古忍忍」搞的鬼後，竟然令紅魔之里陷入恐懼……？

各 **NT$180~220/HK$55~73**

為心懷美夢的公主獻上星空
讓笨蛋登上舞台吧！
3
為美好的世界獻上祝福！EXTRA
author
昼熊
illustration
憂姫はぐれ
原作 暁 なつめ
角色原案 三嶋くろね
Kadokawa Fantastic Novels

國家圖書館出版品預行編目(CIP)資料

戰鬥員派遣中! / 暁なつめ作 ; kazano譯. -- 初版.
-- 臺北市 : 臺灣角川, 2019.10-
冊 ; 公分

譯自 : 戦闘員、派遣します!
ISBN 978-957-743-294-0(第2冊 : 平裝)

861.57 108013992

Kadokawa
Fantastic
Novels

戰鬥員派遣中！ 2

（原著名：戦闘員、派遣します！ 2）

2019年10月28日　初版第1刷發行

作　　者：暁なつめ
插　　畫：カカオ・ランタン
譯　　者：kazano
發 行 人：岩崎剛人
總 經 理：楊淑媄
資深總監：許嘉鴻
總 編 輯：蔡佩芬
編　　輯：江宇婷
美術設計：李思穎
印　　務：李明修（主任）、張加恩（主任）、張凱棋
發 行 所：台灣角川股份有限公司
地　　址：105台北市光復北路11巷44號5樓
電　　話：（02）2747-2433
傳　　真：（02）2747-2558
網　　址：http://www.kadokawa.com.tw
劃撥帳戶：台灣角川股份有限公司
劃撥帳號：19487412
法律顧問：有澤法律事務所
製　　版：尚騰印刷事業有限公司
ＩＳＢＮ：978-957-743-294-0